Tanya Sambeau

Le Mal

roman

Éditions Dédicaces

LE MAL, par TANYA SAMBEAU

Dépôt légal :
Bibliothèque et Archives Canada
Bibliothèque et Archives nationales du Québec

Un exemplaire de cet ouvrage a été remis
à la Bibliothèque d'Alexandrie, en Egypte

ÉDITIONS DÉDICACES INC
675, rue Frédéric Chopin
Montréal (Québec) H1L 6S9
Canada

www.dedicaces.ca | www.dedicaces.info
Courriel : info@dedicaces.ca

Tanya Sambeau

Le Mal

Chapitre 1
Gaëlle

Il fait si froid ici. Tout est très sombre. Étrangement, je me sens apaisée. Tout au long de ma misérable vie humaine, j'ai toujours vu le mal triompher et le bien s'effriter. Le bien ne remporte jamais la bataille, car il n'est pas si fort. C'est la cruauté qui donne la vraie puissance. La malveillance détruit la faiblesse de l'homme. L'homme bien est trop facilement pénétrable et si vulnérable.

Le mal sillonne mes veines depuis mes 14 ans, l'âge que j'avais quand mes parents sont décédés. La perte de l'entreprise familiale les a conduits au suicide, lequel fut exécuté de pair. Ils avaient également de gros problèmes de consommation d'alcool et de drogues. Durant mon adolescence, j'ai volé des voitures ainsi que de l'argent à de pauvres gens, cambrioler des dépanneurs... Arrivée à l'âge adulte, cela n'a fait qu'empirer. J'ai commis des vols de banque, battu des idiots qui se mettaient au travers de mon chemin, tiré sur trois personnes mais les ai seulement blessées. Je consommais beaucoup d'alcool. J'étais tout de même une belle femme nommée Gaëlle, mais je n'avais aucun respect pour la race humaine qui est si égocentrique. Cette race qui se fout de qui meurt et qui reste en vie; qui se fout de qui est pauvre et ne se soucie que de ceux qui sont riches; qui écrasent les gens différents pour ne s'intéresser qu'à ceux qui sont parfaits et instruits; qui laissent mourir les gens affamés alors que ces richards les regardent à la télé en mangeant un gros bol de croustilles; qui écrasent les petites gens et leur entreprise familiale au profit de multinationales qui enrichissent leur gros cul déjà plein de fric...bref, cette race qui a tué mes parents et qui m'a tuée. Ils ont démantelés la PME de mes parents. Je les hais. Je n'ai aucune compassion envers eux, c'est la race la plus exécrable qui soit.

Je suis décédée à l'âge de 27 ans, des suites de coups et blessures que deux policiers m'ont infligés. J'étais déjà recherchée par la police depuis plusieurs mois pour mes vols et agressions. Ils m'ont aperçue à la sortie d'un bar vers 2h du matin. J'ai voulu m'enfuir, mais en une minute, les deux messieurs en uniforme m'avaient rattrapée. Selon leur plaidoyer, je me débattais tellement que j'en devenais dangereuse. Ils ont donc été obligés de m'asséner plusieurs coups à la tête pour que je me calme. C'est ce que l'on m'a dévoilé juste avant ma mort, à l'hôpital, car je n'ai pas succombé sur le coup. Oh non! J'ai beaucoup souffert avant de m'éteindre et pas seulement physiquement, car la dernière phrase que je me suis dite avant de rejoindre les bas-fonds de l'enfer sont : « Putain de merde, ils ont gagné... Ils m'ont eue! »

C'est ainsi que je me réveille ici-bas, plongée dans l'inconnu. Un endroit lugubre, sans orifice pour laisser entrer le moindre fragment lumineux. Je me souviens très bien de ma mort dans mon lit d'hôpital suite à une hémorragie cérébrale. Je ne peux être nulle part ailleurs qu'en enfer. Je me trouve à l'intérieur de quelque chose qui ressemble à une très grande caverne. Les parois sont tapissées de gris sombre et de grosses stalactites. Je me lève et parcours les longs murs glacés de ma main grisâtre. C'est alors que j'entends des voix et des bruits. Je ne suis pas seule. Je me dirige à pas feutrés vers la grande entrée qui se trouve à une centaine de mètres devant moi. Je ne veux pas qu'on m'entende, j'ignore totalement ce qui défilera devant mes yeux. Il y a beaucoup de gens, des pécheurs probablement, comme moi. Ces gens qui ont commis l'irréparable, qui n'ont pas respecté les commandements de Dieu. N'importe quoi! Cet endroit va enfin me permettre de vivre à ma façon sans être marginale et méprisée. Je pourrai simplement être moi. J'avance tranquillement à travers la foule macabre. Ils sont tous vêtus de noir ou de gris. Leurs visages sont obscurs et leurs traits, creusés par l'amertume. Leur peau a une teinte grisâtre. Ils se ressemblent beaucoup. À cet instant, je me demande si je suis devenue comme eux suite à ma descente aux enfers. Certains parlent entre eux, d'autres se balancent seuls avec eux-mêmes et fixent le vide.

Un imposant personnage avance vers moi. Je ne peux distinguer tout de suite son visage, car il a la tête baissée. Par contre, je remarque ses étranges pieds qui ne sont dotés que de quatre orteils croches et jaunis. Les ongles sont plutôt des griffes sales. Ses chevilles sont gigantesques. En levant les yeux, je remarque que son corps très musclé et de couleur gris-vert est couvert d'une armure noire. Sur ses épaules, de grands pics torsadés transperçant l'armure grimpent jusqu'à son crâne, leurs extrémités pointant vers

8

moi. C'est à ce moment qu'il redresse sa tête et révèle une arrogance menaçante. Son visage est de la même teinte que son corps. Il est terrifiant. Sa bouche est large et sombre. Les commissures humides se meuvent pour afficher un sourire sinistre composé de dents longues, étroites et acérées. Il est pourvu d'un nez aquilin et de yeux entièrement noirs, sans iris ni pupille. Ses cheveux d'ébène sont longs et raides. Il possède de si petites oreilles qu'on les voit à peine. Au moment où il me regarde droit dans les yeux, je suis frappée d'un sentiment de plénitude jamais égalé. Il caresse et analyse mon âme. J'adore ça. Je n'ai jamais vu un être dégageant autant de profondeur, de souffrance, de malveillance, et curieusement, d'honnêteté. Il se tient debout devant moi, montrant tout ce qu'il est, sans artifice, sans barrière. Malgré cette horripilante laideur, je me sens déjà bien à ses côtés. Il me sécurise et la sensation de n'être qu'une visiteuse commence à s'estomper.

Ses premiers mots sont prononcés d'une voix grave, rauque et pesante, mais si agréable à mon oreille :

— Gaëlle, j'attendais ton arrivée avec impatience. Mon prénom est Maztéroth. En fait, je suis celui que les êtres humains appellent communément le diable. Je t'ai choisie pour me représenter, car il m'est interdit d'exécuter moi-même le massacre en question. Ce nouveau rôle consistera à tuer dix êtres humains et voler leur âme. Je t'enverrai mes meilleurs acolytes pour t'aider à accomplir cette tâche : Zéphiel et Delthémor. Tu es mon élue, car j'ai perçu à quel point tu es torturée, malveillante et très maligne. J'ai pu t'observer et constater que tu es persévérante, quelque peu sadique et frôlant la folie. Sans oublier que tu es dotée d'une grande intelligence et que tu es très rusée. Tout ce que ça prend pour être la meilleure représentante du grand Mazthéroth. Si tu acceptes et que tu réussis, tu n'auras pas à errer pour l'éternité dans ces décombres où nous sommes présentement. Je t'autoriserai à passer l'éternité à mes côtés en tant que mon acolyte. Sexe, pouvoir, alcool...tous les péchés imaginables seront de la partie! De plus, tu deviendras ma partenaire et nous pourrons créer d'autres plans machiavéliques.

Il poursuit après s'être laissé emporter par une soudaine réflexion :

— Je tiens à t'expliquer que lors du passage aux abîmes noirs, tes cellules se transforment en petites particules qui se régénèrent sans cesse, ce qui explique ton immortalité. Cet amas de particules qui constituent ton âme, forment aussi ton corps. L'apparence extérieure est affectée par cette transition qui vieillit et assombrit les particules externes. Par ailleurs, pour les défunts faisant leur ascension au paradis, il se produit l'effet inverse. La mutation, interne et externe, est favorisée par cette montée et les particules en ressortent éclatantes. C'est pourquoi les âmes au paradis possèdent cette beauté, cette jeunesse et cette douce brillance. Personnellement, je les trouve hideuses sans compter qu'elles épuisent ma vue avec cette lumière. Bref, la croyance populaire voulant que les âmes soient translucides, ne se nourrissent ni s'abreuvent, ne baisent ni ne dorment... blablabla, est complètement fausse. Où serait le plaisir? Le sous-sol des morts est enseveli d'excès de plaisirs et de péchés, seulement pour mes acolytes par contre. Tandis qu'au royaume des cieux, ils vivent aussi certains plaisirs, mais ne commettent pas de péchés. Ce qui y est prôné est la sérénité et le contrôle de soi. N'importe quoi! Bon, tu dois choisir maintenant. Je te laisse réfléchir quelques minutes et ensuite, tu devras me donner une réponse. Acceptes-tu de te joindre à moi ou souhaites-tu errer sombrement dans les ténèbres pour chacune des secondes sans fin de l'éternité?

Moi, Gaëlle, l'acolyte du diable. L'idée me plaît. Tant qu'à être en enfer pour le restant de mes jours, je suis aussi bien de travailler avec le roi des ténèbres et vivre une éternité merveilleuse à commettre les péchés que je veux. Mais ai-je envie de tuer dix personnes? ...Ah!! De toute façon, je suis déjà en enfer et je suis entrain de faire un pacte avec le diable. Je pourrai enfin me venger de cette race crapuleuse que sont les humains sans me sentir le moindrement coupable. Je ne réfléchis pas davantage.

— Mon choix est fait. J'accepte.

— Parfait, ton nom sera désormais Azakielle. Comme je viens de te l'expliquer, ton apparence s'est modifiée. Regarde-toi dans cette glace.

Il me désigne un grand miroir brisé à plusieurs endroits se trouvant à quelques pas à ma gauche. Je m'y dirige, un peu craintive. Lorsque j'aperçois mon reflet, j'en reste bouche bée. Je me ressemble toujours, mais tout comme ces pécheurs autour de moi, la couleur de ma peau est grisâtre et mes cheveux sont devenus poivre et sel. Mon visage est couvert de rides et ma peau est un peu flasque. Je ne suis pourtant pas si laide, car malgré toutes ces caractéristiques originalement répugnantes pour les yeux, on peut apercevoir chez moi une nouvelle vivacité et force qui me rendent, en quelque sorte, attrayante. Du moins, c'est mon avis. Ma masse musculaire a pris beaucoup de volume. Étonnamment, je ne déteste pas ce que je vois dans cette glace.

Comme me l'expliquait plus tôt Mazthéroth, devenir une âme n'a pas impliqué une transparence soudaine de mon corps ni une dissolution de celui-ci. Je comprends donc en m'examinant que le corps est une matière, seulement il est mort. Aucune vie ne l'habite. Le sang n'y circule plus et les organes ne sont pas en état de marche. Les particules composant la matière ne sont pas une forme de vie. Leur immortalité le prouve, car toute vie finit par s'éteindre. Mais une sorte de vitalité continue de nourrir l'âme et a l'effet d'un moteur faisant avancer sa vieille carrosserie rouillée. J'ai été heureuse d'entendre mon nouveau maître me dire que l'âme a, elle aussi, des besoins fondamentaux tels dormir, manger et baiser afin de conserver une bonne santé spirituelle! Je ne vois donc pas la mort comme une fin en soi, mais le début d'un temps nouveau dans le passage d'un monde parallèle. Et mon nouveau nom me plaît. C'est un nouveau départ.

Chapitre 2
Mauvais départ

La journée s'annonce plutôt bien. Le chaud soleil d'été m'accompagne dans l'organisation de mes préparatifs. C'est le jour du grand départ. J'ai encore du mal à croire que je vais bientôt partir pour je ne sais combien de temps.

Quelques semaines plus tôt, moi et mes huit amis avons tous pris la décision de partir ensemble en vacances. C'était la suggestion assez peu réfléchie de Philippe. Je suis exténuée, j'ai vraiment besoin de changement et de me couper du monde pendant quelques temps.

Nous nous connaissons depuis que nous sommes très jeunes, sauf en ce qui concerne Nolan, qui est l'amoureux d'Ophélie. Je les ai perdus de vue au moment où l'on m'a mise en famille d'accueil, car on m'a changé d'école primaire. J'étais alors âgée de 8 ans. Je les ai revus à mon arrivée au secondaire. Ça m'a fait le plus grand bien. En effet, entre l'âge de 8 et 12 ans, je me sentais très seule. Je n'avais pas d'amis et mes parents d'accueil étaient de sales cons. Ils m'avaient pris sous leur aile dans l'unique but de recevoir la subvention accordée aux familles d'accueil. J'avais l'impression d'être un fantôme dans cette maison froide, vieille et laide. Ces deux inconnus m'ignoraient constamment et ils ne m'adressaient que rarement la parole. Sincèrement, je m'en foutais un peu, car j'étais bien dans ma bulle, renfermée sur moi-même. Je dissimulais mon être et mes grands yeux bleus derrière une longue chevelure blonde et touffue. Je ne désirais rien d'autre que d'être effacée de la vision d'autrui. J'évitais les hommes, je ne leur faisais pas confiance. Encore aujourd'hui, mon sentiment à leur égard n'en est pas différent. Les seuls hommes en lesquels j'ai confiance sont mes cinq amis que je connais depuis que j'ai 4 ans. Eux, moi et mes deux autres amies habitions dans le même quartier et nous nous étions rencontrés au petit parc qui se situait à un coin de rue de chez moi. Nous ne nous sommes jamais quittés depuis, sauf pour moi qui me suis éloignée involontairement pendant 4 ans. Nous avons toujours été là l'un pour l'autre.

Nous avons donc convenu de partir pour une durée et une destination indéterminée le 3 juin au soir, afin de nous donner le temps nécessaire pour régler certains détails avec nos employeurs respectifs.

La lune s'est enfin montrée le bout du nez et j'attends patiemment mes amis. Nous sommes le 30 juin et il est 20h45. Nous nous sommes donné rendez-vous pour 21h00. La quiétude de la noirceur est si apaisante sur les routes. C'est la raison pour laquelle nous avons opté pour un départ nocturne.

La liberté sera à ma portée dans quelques minutes à peine. Je suis à l'extérieur et je prends une profonde inspiration en goûtant la vie, mais le goût est toujours le même, amer et fade. Une demi-heure plus tard, les retardataires finissent par faire acte de présence. Nous avons convenu de nous déplacer avec seulement deux voitu-res. Cinq passagers s'installent dans ma voiture, soient Nicolas, Ève, Patrick et Philippe. Nolan, Édouard et Félix se joignent à Ophélie qui conduira la seconde voiture. Nous partons avec le peu de bagages possibles, seulement l'essentiel. Nous avons tous des économies, que nous utiliserons pour ces quelques semaines en exil. Nous sommes tous dans la mi-vingtaine. C'est le temps de profiter de la vie au maximum, du moins, je vais essayer… Je tente de m'en sortir du mieux que je peux! Je mène une existence en apparence ordinaire, mais en mon for intérieur, il s'agit d'une toute autre histoire. J'extériorise une partie de mes démons noirs sur des toiles. J'aimerais bien en faire ma carrière. Pour l'instant, je dois me contenter du métier de recherchiste pour une compagnie média-tique, qui est respectable, mais ne convient pas.

Nous partons. Enfin! Nous quittons Montréal. C'est tous là que nous habitons. Nos plans décrètent que la première voiture sera la mienne suivie de la voiture d'Ophélie. Je dois donc décider des chemins à emprunter.

Je me fie à mon instinct et à chaque coin de rue, à chaque intersection, je tourne où bon me semble. Tout le monde dans ma Santa Fe rient, parlent, racontent des blagues et finissent par s'endormir. Philippe est assis à l'avant avec moi et prendra le volant vers la moitié de la nuit pour me permettre de dormir un peu. Il est si gentil avec moi. C'est vraiment un bon gars et je l'aime beau-coup. En fait, je crois en être amoureuse depuis très longtemps, mais lui a toujours eu des blondes par-ci par-là. Je n'ose lui en parler car je suis certaine de la non-réciprocité de mes sentiments et de plus, je risquerais de perdre sa précieuse amitié. Sans oublier le fait que je n'ai jamais eu de copain dans ma vie. Je n'ai jamais fait l'amour encore. Je ne suis pas capable de laisser un homme m'approcher. Je n'ai pu conserver mes liens qu'avec ceux que j'ai connus avant mes 8 ans.

Enfin, Philippe prend la relève et je peux m'installer du côté passager afin de dormir un peu. Quelques heures plus tard, une brutale secousse me réveille et je suis projetée de tous bords tous côtés à l'intérieur de la voiture qui finit par s'immobiliser. Philippe parle le premier : « Ah! Merde! Je me suis endormi! ». Je lui demande, complètement paniquée :

— Mais pourquoi tu ne m'as pas réveillée pour me demander de prendre ta place?

— J'aurais dû, mais tu dormais si paisiblement. Je n'ai pas osé te réveiller et j'étais persuadé que j'arriverais à conduire encore une heure sans m'endormir. Je suis tellement désolé. Personne n'a rien?

Personne ne semble être blessé. Que des maux de tête et des blessures superficielles…Ouf! Je suis de nature très anxieuse. Je suis constamment sous le stress et j'ai du mal à gérer mes émotions. Je les garde bien enfouies à l'intérieur de moi. Je ne parle jamais de mon passé à qui que ce soit. Tous mes amis ont tenté à maintes reprises de percer la mystérieuse Léanne, mais en vain. Je m'en sens incapable. Ils sont tous au courant de ce qui m'est arrivée quand j'étais enfant, mais je n'ai jamais voulu en parler ouvertement avec eux. J'ai toujours voulu qu'on fasse comme s'ils n'étaient pas au courant. Je trouve la vie plus facile ainsi. Ça m'aide à continuer et à avoir un semblant de vie normale.

Philippe tente à maintes reprises de redémarrer la voiture, mais en vain. Je regarde dehors et je n'y vois qu'un épais brouillard. Nous sortons tous les cinq de la Santa Fe et constatons à quel point elle est en piteux état. Il tient du miracle que nous en soyons sortis indemnes. À travers tout ce smog, nous apercevons deux rayons lumineux qui semblent visiblement être les phares d'une automobile, probablement celle d'Ophélie. Nous nous approchons de la voiture, qui elle, se situe toujours sur la route. Nous remarquons que personne n'est à l'intérieur. Ève s'affole et questionne nerveusement :

— Mon Dieu! Où sont-ils?

Au même instant, quatre silhouettes se dessinent au milieu de l'épais nuage vaporeux. Les quatre visages qui nous sont si familiers sortent enfin de l'ombre.

— Nous sommes vraiment heureux de vous retrouver, disent Ève et Nicolas en choeur.

— Où étiez-vous passé?, rajoute Ève.

Nolan, qui avait remplacé Ophélie au volant, répond :

— J'ai vu la voiture de Léanne quitter la route et faire un tonneau, ce qui a dû faire en sorte que les phares brisent, car je ne voyais plus votre voiture. J'ai aussitôt freiné. Nous sommes tous descendus du véhicule afin d'aller à votre secours, mais nous n'y voyions quasiment rien. Nous avons heureusement entendu la voix d'Ève et sommes venus à votre rencontre. Tout le monde va bien?

Philippe leur explique ce qui s'est passé et demande :

— Que fait-on maintenant?

— Il ne nous reste plus qu'une seule voiture et il est évident qu'on ne peut tous entrer dans la Corolla d'Ophélie, dit Nicolas. Mon cellulaire ne fonctionne pas ici. Les vôtres fonctionnent?

Nous vérifions nos téléphones et aucun n'est en état de marche.

— D'accord. Pas de panique. Nous sommes à plus de huit heures de route de chez nous et nous n'avons aucune idée de l'endroit où nous sommes. Je propose donc que l'on attende sagement que le brouillard se dissipe et que le jour se lève avant de faire quoi que ce soit. Les premiers rayons du soleil devraient apparaître d'ici une heure. Soyons patients, ajoute Philippe.

Philippe trouve toujours les bons mots. Je le trouve si sécurisant et en contrôle, malgré le fait que c'est lui qui a perdu le contrôle de la voiture! Sans oublier qu'il est tellement beau avec ses cheveux châtains qui lui tombent sur la nuque.

Après cinquante minutes d'attente, le soleil fait son apparition. Je regarde autour de moi et constate à quel point nous sommes dans un coin perdu et désert. Des champs rencontrent l'horizon. Des champs à perte de vue... Mais où sommes-nous?

Nous décidons que quatre d'entre nous partiront afin de se renseigner sur notre emplacement. Nous voulons également savoir s'il est possible de faire réparer la voiture accidentée.

Une heure plus tard, moi, Philippe, Ophélie et Nolan revenons auprès de nos camarades.

— À environ 10 minutes de route d'ici se situe un petit motel et 15 minutes plus loin se trouve un garage, dit Nolan.

— Nous avons été nous renseigner auprès d'un mécanicien afin de savoir s'il était possible de venir remorquer notre voiture et la réparer. Il arrivera d'ici quelques minutes, ajoute Ophélie.

— Et où sommes-nous?, demande Ève.

— Nous sommes dans le minuscule village de Saint-Paternaud, répond Nolan.

— Saint-Pater... quoi?, réplique Ève.

— Saint-Paternaud, Ève. Le garagiste nous expliquait qu'il s'agit d'un très petit village quasi inconnu de la population québécoise. Sa communauté est principalement composée de personnes du troisième âge et ils ne voient que très rarement des visiteurs. En fait, comme l'homme me l'expliquait, les gens qui se ramassent ici s'y retrouvent par erreur, en se trompant de chemin ou, comme nous, en ayant un accident. Environ 200 personnes habitent ici, précise Nolan.

Quarante minutes plus tard, on vient enfin remorquer mon automobile. Philippe, Nolan et Édouard embarquent avec le garagiste tandis que moi et les autres s'entassons dans la voiture d'Ophélie. Après tout, il ne s'agit que d'un trajet de 25 minutes.

Arrivés à destination, le mécanicien estime les dégâts. Il revient enfin vers nous en soupirant : "Ça me prendra plusieurs jours avant de pouvoir la réparer. D'autant plus que j'en ai deux autres à m'occuper avant la vôtre. Je ne vous rappellerai pas avant cinq jours. Quelqu'un a un téléphone cellulaire?

Nolan répond :

— Oui, mais étrangement ils ne fonctionnent pas dans votre village.

— Bordel, nous sommes pris au piège dans ce trou à rat pour au moins cinq jours. Nous serons obligés de loger au motel que vous avez croisé sur votre route tantôt. En espérant seulement qu'il y ait de la place pour neuf personnes, ajoute Patrick.

Ce dernier se retourne vers le mécanicien :

— Nous reviendrons donc vous voir dans cinq jours pour vérifier si vous avez terminé ou nous vous appellerons du motel. Laissez-nous le numéro pour vous joindre.

Patrick, c'est mon grand ami. Je l'aime tellement, comme un frère. Malgré le fait que je ne lui parle jamais de mon passé, il semble avoir deviné tellement de détails à mon sujet. Il sait exactement comment agir avec moi et a toujours fait preuve d'un grand respect à mon égard. Nous en avons fait des conneries ensemble... Que de beaux souvenirs! C'est simple, je l'adore. C'est le genre de gars que tout le monde aime qu'il soit présent lors d'une fête. Il parle fort, fait rire tout le monde et finit toujours la soirée à quatre pattes étendus dans la salle de bain tout près de la cuvette. Patrick est indispensable à ma vie. Je n'aurais pas aimé m'aventurer dans ce périple sans lui. Je le considère un tantinet comme ma bouée de sauvetage. Je m'accroche à lui lors d'un faux pas, et sans même trop lui en parler, il me soutient. Il est vraiment génial avec moi.

Six personnes au maximum peuvent entrer à l'intérieur du véhicule d'Ophélie. Nous convenons que les trois filles ainsi que Nolan, Patrick et Félix grimperont dans la voiture tandis qu'Édouard, Nicolas et Philippe se sont proposés pour commencer le chemin à pied.

Nolan reviendra les chercher.

Nolan nous dépose au début du petit chemin qui mène au motel, qui de plus près, ressemble davantage à un joli cottage de campagne qu'à un motel miteux que l'on retrouve habituellement dans les petits villages. Il repart aussitôt chercher nos trois compagnons.

Nous avançons le long du chemin de terre. Au devant de la maison se trouve une pancarte de forme rectangulaire en bois accrochée à un seul poteau. Un trou au sol révèle l'extraction d'un second poteau servant anciennement à soutenir l'autre extrémité de l'affiche. On peut y lire : Motel Bon Séjour. Ceci me semble bien chaleureux comme nom.

Nous poursuivons notre chemin, grimpons l'escalier menant à la galerie et pénétrons à l'intérieur...

Chapitre 3
La mission

— Je t'enverrai donc sur la Terre dans quelques minutes. J'ai déjà choisi un groupe d'humains pour toi. Cela fait un bout de temps que je les observe. J'ai le pouvoir de prendre une forme humaine afin de me fondre parmi eux lorsque je désire les épier ou échafauder des plans meurtriers. Mes acolytes possèdent d'ailleurs ce même pouvoir, dit Maztéroth.

Le diable prend une pause et m'invite à le rejoindre :

— Tiens ma main et je t'emmènerai dans mon petit paradis, dit-il, sarcastique.

Je pose ma main dans la sienne. Elle est très rugueuse, mais si grande et sécurisante. En l'espace d'un dixième de seconde, tout autour de nous a disparu. En fait, il n'y a rien autour de nous. Nous flottons dans les airs. Tout est noir, mais à la fois très clair. C'est vraiment très étrange. Quelques secondes plus tard, nous reposons pieds à terre. Je regarde autour de moi. C'est sombre et froid ici aussi, mais l'ambiance est bien différente. Personne ne se balance d'avant en arrière, personne ne semble errer ou perdu. Tout le monde semble très heureux, mais il y a beaucoup moins de damnés ici que de l'autre côté... enfin, d'où j'étais. Je crois que ce sont tous les acolytes du diable. Ils doivent être une centaine.

— Ici, vois-tu, se trouvent tous mes acolytes. Nous nous situons précisément au-dessus de l'endroit où nous étions. Tu n'as vu qu'une seule pièce. Dis-toi qu'il y en a des milliers comme ça remplies de pécheurs et pécheresses qui y sont condamnés à errer pour l'éternité. Plusieurs d'entre eux aurait aimé avoir ta chance, Gaëlle. Mais j'offre rarement cette opportunité, il s'agit d'une proposition en or. Toi, tu es différente et je suis sûre que je fais une bonne affaire de m'associer avec toi. Tu ne me décevras pas. Je sais que tu n'as jamais tué, mais je peux lire à travers ton âme que tu en as très envie. Tu n'en as seulement pas eu le courage sur Terre.

Après avoir attentivement écouté ses paroles, je lui demande ce que j'allais devoir faire précisément et combien de temps je disposais pour accomplir ma mission.

— Disons que j'ai un peu joué avec le destin et détourné les plans de mes chères futures âmes. Il se trouve que le groupe d'humains que j'ai épié ont décidé de partir ensemble à l'aventure. Je possède également le pouvoir de pénétrer les âmes et de les contrôler à ma guise. J'ai fait en sorte qu'ils s'égarent et se rapprochent peu à peu de l'endroit exact où je désire les emmener. Ils seront neuf à tomber dans mon piège sadique. Avant de tuer ces neuf larves, tu devras d'abord assassiner la propriétaire du motel où se rendront nos chers amis. Tu l'élimineras avant que les autres se présentent au motel. Tu reprendras alors ta forme humaine et tu pourras utiliser ton ancien prénom. Tu joueras le rôle de la propriétaire pendant quelques jours.

J'interromps le maître du mal :

— Un détail m'échappe. Comment se fait-il que vous ne vous faites pas plaisir et ne les éliminez pas vous-même, sans vouloir vous offenser.

Une fois ces paroles prononcées, je regrette de m'avoir adressée ainsi au diable. Je peux lire sur son visage son étonnement.

— Tu as beaucoup de cran de me demander cela, mais je l'apprécie. Ceci me démontre ta vigueur et ta force de caractère. Pour répondre à ta question, je ne peux malheureusement pas les tuer moi-même, comme je te l'expliquais plus tôt. Il s'agit de la limite à mon immense pouvoir. Lorsque le monde fut créé, moi et Astaldor, celui que le commun des mortels appelle Dieu, avons fait un pacte et il est essentiel de le respecter. Sinon, le chaos s'installerait et il pourrait s'en suivre la fin du monde. J'ai beau détester la race humaine, si le monde était détruit, je n'aurais plus aucune raison d'être. Je tiens donc à respecter ce pacte qui consiste en ne jamais intervenir directement avec les créatures terrestres. Il en est de même pour Astaldor. Nous ne pouvons donc ni leur parler, ni les blesser, ni les tuer, ni les guérir. Mais en ce concerne l'esprit, rien n'a été mentionné, c'est pourquoi les droits de contrôler l'esprit et de lire au travers les âmes me sont acquis. Lorsqu'un être meurt, peu importe de quelle façon, dépendamment de ses péchés, il monte au paradis ou descend aux enfers. L'exception à la règle est que si un humain se fait enlever la vie par un démon, son âme appartient au monde du mal à jamais. J'envois donc des démons à ma place pour tuer des êtres et voler leur âme. Cette dernière m'appartiendra pour toujours et je pourrai en faire une machine à tuer, si je la choisis, m'explique Mazthéroth. Le pire dans tout ça est que ce n'est pas moi le plus dérangé, c'est Dieu. Celui-ci pourrait agir comme moi et envoyer ses alliés sur Terre pour aider et guérir les souffrants, mais il n'en fait rien. Il est très incohérent et j'avoue ne pas le comprendre. D'autre part, je vais probablement te surprendre en t'exposant notre philosophie de vie, ici, en enfer. Nous devrions logiquement encourager les humains à évoluer dans leur violence et dans leur haine en tant que représentant de l'enfer et par le fait même, du mal. Mais en vérité, pourquoi tuer et propager le mal, alors que l'on hait la nature violente de l'homme, autant moi que celui que tu appelles Dieu. Parce que la raison existentielle de l'enfer, n'est pas de veiller à ce que le bien ne se produise pas et de défaire tous les beaux projets d'Astaldor, notre but est de saisir ce qui est mal et le détruire. Détruire le mal par le mal. Mais Astaldor n'a jamais été d'accord avec cela: «On ne doit pas créer une autre source de mal afin de détruire le mal présent, on se trouve alors à le multiplier...laissons les humains trouver leur propre moyen de le faire disparaître...j'ai foi en eux». C'est ainsi que le bien et le mal fut dissocié et séparé en paradis et en enfer. Je n'ai pas créé le mal, ce sont les humains qui l'ont fait naître et je me considère comme l'être le plus sage et brillant du monde en tentant d'irradier le mal de la Terre de la même façon que les humains vivent : dans la violence, la souffrance et la cruauté. Je les punis, ils me font honte. Je châtie d'abord et avant tout les violeurs, les meurtriers, etc... tandis que les âmes dites "correctes" montent au ciel. Mais je suis d'avis que tous les humains devraient descendre tout droit aux enfers : ils sont égoïstes, s'entretuent, ils sont insatiables, stupides, cupides, cruels avec les gens différents... Ils les excluent. Les humains ne sont pas solidaires et ne s'entraident pas. Ils méritent tous d'être punis. La race que moi et Astaldor avons créée ensemble est devenue monstrueuse. Tuons le mal par le mal, la folie par la folie. Les humains sont donc eux-mêmes responsables de la séparation de Dieu et du diable, de la création de l'enfer et nous les traitons comme ils le méritent. C'est pourquoi j'envois des démons sur Terre pour ramener des âmes aux enfers. Ils devraient tous y être. Mais le pacte signé par moi et Astaldor protège les "bonnes" âmes en les envoyant au ciel à leur mort. Ridicule! Je dois les tuer avant. Mais pas tous en même temps, j'aime trop m'amuser à leur dépend. Le pacte ne stipule en rien que mes associés ne peuvent tuer, c'est pourquoi Astaldor n'intervient pas. Par contre, je sais très bien que sa colère serait hors de contrôle si j'en éliminerais en trop grande quantité. Je tiens tout de même à préserver cette bonne entente. Tout est parfait ainsi.

Je suis abasourdie. Nos croyances de ce que sont le paradis et l'enfer sont tout à fait erronées. En somme, mon nouveau maître et moi partageons la même vision sur ce que sont les humains et qu'ils doivent être punis. Je poursuis :

— Cela veut dire que je suis désormais un démon, si je comprends bien ce que vous dites.

— Exactement, dit le diable. Tu disposeras d'exactement trois lunes pour accomplir entièrement ta mission. Dès que la troisième lune disparaîtra et que le premier rayon du soleil se fera voir, tu seras renvoyée en enfer à mes côtés et je jugerai de la réussite de ton travail. Il en sera ainsi.

Je suis quelque peu chamboulée par tous ces changements soudains. Il y a quelques heures, j'étais sur Terre, bien vivante, sirotant une bonne bière froide dans un bar. Maintenant, je suis en enfer. Je suis un démon. Je suis Azakielle et je dois exterminer dix personnes pour le diable.

Je réfléchis et le questionne :

— Si je suis un démon, ai-je les mêmes pouvoirs que vous?

— Tu as le pouvoir de prendre des formes humaines. Tu possèdes également une très grande force physique. Excepté Astaldor, personne d'autre que moi ne détient le pouvoir de contrôler l'esprit, me répond-il.

— Et comment dois-je m'y prendre pour utiliser ce pouvoir de transformation?

— Tu dois seulement te concentrer sur son image. Tu verras, c'est très simple. Par contre, il est important que tu saches que tu ne peux que prendre l'apparence de quelqu'un que tu as vu et que ton esprit a enregistré. C'est comme si tu avais passé son âme au rayon X et que tu l'analysais en entier en une fraction de seconde. Les démons sont des êtres très forts et puissants. De plus, ils sont très intelligents, puisque c'est moi qui les choisis, dit Mazthéroth. Je vais d'ailleurs te présenter les deux démons qui t'accompagneront. Voici Zéphiel.

Je vois un homme grand et gracieux avancer vers moi et me tendre la main. Les démons sont-ils tous polis comme ça? Cela me rend un peu plus à l'aise. Sa poignée de main est d'une telle force! J'observe deux ailes se déployer dans son dos, telles celles d'un ange, mais celles-ci sont noires. Sa peau est de la même teinte que tous les autres démons, c'est-à-dire, vert-grisâtre. Il a de grands yeux noirs et, étrangement, charmants. Si je le compare à toutes les autres entités démoniaques que j'ai vues, il est de loin celui qui possède le plus merveilleux des visages. Il dégage quelque chose d'unique et de rassurant. Il a une armure argentée et très brillante. Ses ongles sont propres et bien soignés. Il a de beaux cheveux noirs et brillants.

Je crois que le diable a lu sur mon visage un air interrogatif. Il me devance avant que je prenne la parole :

— Zéphiel n'est pas un démon comme les autres. C'est un ange déchu. Il travaillait auprès d'Astaldor avant que son âme ne s'élève à un niveau supérieur, c'est-à-dire, le mal.

— J'ai vu à quel point le bien peut causer du tort et rendre malheureux. Nous ne sommes jamais assez satisfaits de ce que nous accomplissons. Je me sentais vide à l'intérieur. Quand je fais le mal, je ne me sens ni coupable, ni triste et les faits sont accomplis. Il y a beaucoup moins de règles et les péchés sont encouragés. C'est ici mon paradis maintenant, ajoute Zéphiel.

— Zéphiel et Delthémor sont mes meilleurs alliés. Voici justement Delthémor.

Delthémor est très grand lui aussi, dépassant Zéphiel de quelques pouces. Tout comme Mazthéroth, il est vêtu d'une armure noire, mais moins jolie que cette dernière. Ses oreilles sont légèrement pointues et son teint est un tantinet plus foncé que nous, tirant davantage sur le gris. Son crâne est dégarni et son regard est austère. Il a vraiment un visage à faire peur. Ses dents sont carrées, larges et droites. Son sourire me fait penser à celui du Joker. Il a un air psychopathe.

Il s'avance vers moi et se présente, mais sans me serrer la main :

— Je m'appelle Delthémor. C'est mon prénom et tu dois m'appeler seulement de cette façon. Je ne veux pas de surnom du style Delthé, je déteste cela. Tu dois savoir que, pour le moment, je ne te connais pas du tout et je doute sincèrement que tu aies l'âme pour réussir une telle tâche. Mais bon, les désirs de mon maître sont des ordres.

Ces propos me figent. J'ai un peu peur de lui. Je me ressaisis et me dis que je suis également un démon maintenant et que je dois agir comme tel.

Mazthéroth poursuit :

— La raison pour laquelle je te donne un délai de trois lunes pour exécuter ta mission est le plaisir. Je m'explique. Il est certain que je pourrais t'envoyer là-bas et tu pourrais tous les tuer sur le champ, car avec l'aide de mes acolytes, ce serait du gâteau. Mais je veux que tu apprennes à apprivoiser le mal. Je veux que tu prennes ton temps et qu'à chacun de tes meurtres, le plaisir de tuer t'enivre de plus en plus. J'adore jouer avec la mort et j'aimerais tant que ce plaisir te soit connu. C'est pourquoi je fixe une dernière règle : avant la fin de la première lune, tu devras tuer deux personnes incluant la propriétaire. Ensuite, avant la fin de la seconde lune, tu devras en assassiner quatre. Il te restera donc quatre meurtres à exécuter avant la fin de la dernière lune. N'oublie surtout pas de t'amuser et de jouer avec eux. Tuer doit devenir un plaisir et non un devoir. Seule ta main devra tuer ces dix personnes. Mes acolytes ne sont avec toi que pour t'aider.

Quelques secondes s'écoulent…

— Ah! Oui! J'oubliais…Tu ne peux qu'exterminer le groupe de personnes que je t'ai imposé. Tu ne peux pas remplacer un des membres du groupe et la propriétaire par un autre humain que tu pourrais croiser. Ton logement à toi sera situé quelques mètres plus loin. Il s'agit d'une petite maison dans laquelle la propriétaire vit en ce moment, mais plus pour longtemps. Ha! Ha! Ha!

Il y a quelque chose de sadique dans son rire, mais son bonheur est contagieux. Ça me donne envie de commencer. D'un ton décidé, je lui affirme :

— Je suis prête.

Aussitôt, je me sens transportée, exactement comme s'est produit le transfert entre les décombres et le nid de Mazthéroth un peu plus tôt. Tout est vide autour de moi. Avec moi, planent Zéphiel et Delthémor.

Nous atterrissons à l'avant d'une jolie petite maison de campagne. Le soleil vient à peine de se lever. Au devant de la maison, une pancarte est accrochée à deux poteaux de bois plantés dans le sol, sur le terrain. On peut y lire : Motel Bon Séjour. Mazthéroth nous a donc envoyé directement à l'endroit qui deviendra bientôt une maison de l'horreur. Je regarde mes deux compagnons, si je peux les appeler ainsi, et je vois une toute autre image d'eux. Je regarde alors mes mains : elles sont humaines! Je touche à mes cheveux et j'en regarde la couleur. Ils sont raides et longs jusqu'à mes seins et sont bruns foncés, comme quand j'étais vivante. Je suis redevenue humaine, quoique d'apparence seulement.

Je jette à nouveau un oeil en direction des deux autres pour constater à quel point Zéphiel est beau et Delthémor est laid. Zéphiel a vraiment un visage d'ange. Ses traits sont très fins et sa peau est blanche. Ses cheveux sont mi-courts, blonds et ondulés. Ses yeux sont vert émeraude. Il est un peu plus grand que moi. Son corps est mince et allongé, quoique musclé. Il est magnifique.

Delthémor, par contre, laisse voir des traits sévères et prononcés. Son nez est aquilin, le même dont est pourvu son visage démoniaque. Sa bouche est large et ses dents sont grosses et carrés. À vrai dire, humain ou démon, la différence est loin d'être frappante. Son teint, par contre, est plutôt foncé et ses cheveux sont bruns très courts. Il est grand et sa carrure, imposante. Ses bras sont de la grosseur de mes cuisses. Même si mon corps est élancé et svelte, mes cuisses sont tout de même assez portantes. Il est assez repoussant je dois dire. Sans oublier qu'il n'a pas une gueule des plus sympathiques. Mais bon, je dois m'y accommoder. Je n'ai pas le choix. Peut-être que sous ce visage froid et passif se cache quelqu'un à qui l'on s'attache au fil du temps. Quelqu'un qui sait prouver qu'on peut lui faire confiance après un certain délai. Je dois faire mes preuves. Peut-être qu'ensuite, il me fera confiance et sera plus agréable à mon égard.

Zéphiel prend la parole :

— Ce sont nos formes humaines d'origine. Je dois dire que tu es très belle Azakielle.

— Merci Zéphiel.

Je suis intimidée et j'ai la vive impression que cela transparaît malgré moi. Je déteste me sentir ainsi, cela déséquilibre la maîtrise de mes émotions.

Il poursuit :

— Pour ton premier meurtre, tu dois agir seule, sans notre aide. C'est une coutume dans le royaume des ténèbres. Cela te permettra de goûter au mal et de le déguster à toi seule.

Sur ce, je me mets à réfléchir. Je n'ai jamais vu cette femme et elle ne m'a rien fait. Je connais seulement son sexe, car le diable m'en a fait part quelques instants plus tôt. Mais je dois le faire... De toute façon, je hais les humains. Un de moins sur cette planète ne peut être que bénéfique. Avec quelle arme vais-je procéder? Je ne dispose absolument de rien. Mon regard parcourt le paysage et tente de s'attarder à chaque petit élément qui pourrait être susceptible de devenir une arme. Mes yeux s'arrêtent sur les poteaux qui maintiennent la pancarte en place. J'ai alors la brillante idée de donner à un des poteaux une toute autre utilité. Je prends le bout de bois à deux mains et tire de toutes mes forces pour le sortir de terre. En deux temps trois mouvements, ce dernier est retiré du sol. Je n'en reviens pas de la facilité avec laquelle j'ai pu extraire ce poteau de la terre. C'est comme si j'avais soulevé un cure-dent planté dans un gâteau. Je possède une force extraordinaire. J'ai de la difficulté à y croire.

Bon, le moment est enfin venu. Je dois agir froidement et me concentrer. Je souhaite être digne de la confiance du grand seigneur du mal.

Je m'avance tranquillement et monte l'escalier avant d'arriver sur la galerie. Le cottage est de couleur jaune serin. La peinture est défraîchie et les planches de bois craquent sous mes pieds.

Mon plan, mais quel est mon plan? Je m'affole et commence à sentir des gouttes de sueur couler sur mon front. Mon coeur bat à tout rompre. Ma voix intérieure me susurre : « Calme-toi Gaëlle, calme-toi ». Je prends une grande inspiration et cache le bâton de bois derrière ma jambe. Il doit mesurer un mètre de long. Je le tiens très fermement. C'est la première fois de ma vie que je vais tuer quelqu'un. Même si j'ai déjà blessé et battu atrocement des gens dans le passé, je ne leur ai pas enlevé la vie.

Je regarde par la fenêtre de la porte d'entrée si la propriétaire s'y trouve. Quelle chance! Elle dort! Elle s'est assoupie sur un petit fauteuil. Je décide alors de vérifier si le verrou de la porte est enclenché. Non! J'ai vraiment de la chance! Je tourne la poignée complètement et pénètre à l'intérieur très doucement. Je ne veux pas la réveiller. Sur cette dame, je peux apercevoir un bouquin ouvert, mais à l'envers. Sur la couverture y est inscrit : Les portes du paradis. Je ne peux m'empêcher de sourire vu l'ironie de la situation.

Elle doit avoir environ 60 ans. Ses cheveux sont grisonnants et elle porte des lunettes rondes démodées. Elle est vêtue d'une longue robe mauve et fleurie délavée de mauvais goût. L'air serein de douce grand-mère qu'elle affiche sur son visage est loin de me rendre la tâche plus facile.

Je prends mon courage et mon poteau à deux mains et m'avance vers elle. Malheur! Un pli formé dans la carpette de l'entrée me fait perdre pied et cela la réveille. Je n'ai plus le choix... Il faut agir maintenant! Je lève le bout de bois au-dessus de ma tête et elle se met à hurler de toutes ses forces. Le cri est si strident que j'en ai mal aux oreilles. Elle se lève et tente de s'enfuir. Je lui assène un coup de bâton avec une force de frappe incroyable. Sa tête se fracasse contre le mur et une giclée de sang apparaît pour venir se déposer en partie sur mon visage. Le reste du sang s'étale sur le mur beige de la réception. Son corps s'écroule lourdement par terre. J'ignore si elle est morte. Je suis trop nerveuse pour le vérifier et je décide de ne pas prendre de chance. Je saisis le cous-sin orangé qui se trouve sur le fauteuil qui devait servir d'accou-doir. Je ferme mes yeux pour ne pas voir son visage et appuie vigoureusement sur le coussin pendant deux longues minutes. Je veux être certaine de son décès. Je le soulève délicatement, les mains tremblantes. Son teint a déjà pâli et ses yeux sont grands ouverts, les pupilles dilatées à leur maximum. On peut lire la peur sur son visage. Mon agitation s'efface. Je la regarde passivement durant de longues minutes. Mon premier meurtre. Je l'ai fait. J'ai envoyé son âme à mon maître.

Curieusement, je me sens en vie. Le fait d'avoir tabassé cette petite vieille jusqu'à ce que mort s'en suive m'a fait me sentir puissante et importante. Pour la première fois de ma vie, je me sens utile et valorisée. Le diable m'a choisi moi et me fait confiance. J'ai apprécié lire la peur que la mort a figée sur son visage. C'est pour cela que je m'y suis attardée quelques instants. J'étais forte. Elle m'avait crainte. Je lui ai extirpé son âme. Cela m'a confirmé que le mal est un concept engendrant le bien, car il me permet de me sentir en total contrôle et d'accroître ma confiance en moi. Il me concède le sentiment de supériorité à cette race infâme qu'est la race humaine. Celle qui, à mon avis, est plus cruelle que les démons. Chaque putin d'humain ne vit que pour lui-même au dépend du malheur des autres. Ils s'en contrefichent. Ils sont exécrables et je suis fière de pouvoir en éliminer afin de rendre le monde un tant soit peu meilleur. Je meurs d'envie de recommencer. Zéphiel et Delthémor entrent dans la maison. Zéphiel me félicite pour mon beau travail. Delthémor reste de glace. Les seuls mots qui sortent de sa bouche sont :

— On doit maintenant se débarrasser du corps au plus vite et nettoyer le sang tapissant le mur et décorant ta figure.

Je sais que le groupe faisant désormais l'objet de mon plaisir arrivera sous peu. Je le sens.

Zéphiel et Delthémor s'occupent d'emmener le corps dans la cave du motel, qu'ils ont trouvé en inspectant les lieux. Ils le cachent dans un grand congélateur dans lequel sont emmagasinés des produits alimentaires périssables.

Pendant ce temps, je longe un étroit couloir à gauche de la réception. Au bout de celui-ci se trouve une petite chambre à droite et juste en face, la salle de bain. Je prends une serviette se trouvant sous l'évier et me nettoie le visage en me regardant dans le miroir. C'est bien moi. Je n'ai pas changé d'un poil depuis que je suis morte.

J'apporte cette même serviette et nettoie les traces rouges sur le mur. Mes accompagnateurs me rejoignent et me disent qu'ils doivent maintenant aller se cacher au domicile de la dame se trouvant à plusieurs mètres derrière le cottage. J'allais les retrouver là-bas ultérieurement. Ils sortent par la porte située derrière le motel.

Au même instant, alors que j'achève mon nettoyage, j'entends des bruits occasionnés par des portières de voiture qui s'ouvrent et se ferment. Les voilà! Je me dépêche de me débarrasser de la serviette et du coussin ensanglantés. Je trouve sous le bureau de la réception un petit sac vide en plastique. J'y mets les objets souillés, fait un noeud et le jette à la poubelle. J'allais rapporter ce sac plus tard au domicile de la vieille picouille. Je me positionne rapidement derrière ce même bureau, prête à les accueillir.

La porte s'ouvre. Je vois une jolie fille apparaître dans l'embrasure de la porte. Avec son plus beau sourire, elle s'adresse à moi :

— Bonjour! Avez-vous de la place pour neuf personnes pour un séjour d'au moins quatre nuits?

Chapitre 4
La rencontre

— Bonjour! Par chance, il se trouve que j'ai de la place pour vous tous. Mais où sont les autres? Vous n'êtes que cinq?, interroge la dame à l'accueil.

— Quatre de nos amis vont arriver dans quelques minutes. Nous avons eu un accident et notre voiture ne pourra être réparée avant environ cinq jours. C'est pourquoi nous avons besoin de séjourner chez vous. Est-ce bien dispendieux?

— Non. Je vais vous faire un prix de groupe. Disons 130$ la nuit.

— Merci infiniment. Cela me semble bien peu cher, c'est vraiment très gentil à vous. Je me nomme Léanne. Et voici Patrick, Ophélie, Ève et Félix.

J'ai décidé de la vouvoyer malgré son jeune âge qui doit être près du mien. Je ne sais trop pourquoi, mais elle me fait sentir inconfortable.

— Enchantée de vous rencontrer. Moi, c'est Gaëlle. Je suis la propriétaire de ce motel. Vous me semblez très sympathiques. Ce sera pour moi un plaisir de vous héberger. Je vous servirez même trois repas par jour pour 50$ supplémentaire pour tout le groupe. Cela vous reviendra donc à 180$ par jour. Qu'en dites-vous?

Après avoir regardé les autres quelques secondes, j'ai pu lire sur leur visage qu'ils pensaient tout comme moi que cette offre est des plus alléchantes. De toute façon, le choix n'est pas une option vu les circonstances.

— Wow! Nous sommes vraiment chanceux d'être tombés sur un ange comme vous. C'est sûr que nous acceptons. À ce prix, c'est vraiment donné.

Sur ce, je sors mon portefeuille et dis aux autres que c'est moi qui paierai la première nuit. Pendant que la propriétaire du motel compte mon argent et la range dans son coffre, je scrute les lieux. Le long bureau en merisier occupe à lui seul la moitié de l'entrée. Au bout du bureau, se trouve un joli fauteuil bleu. Un livre maltraité a été oublié sous ce dernier. De jolis rideaux en dentelle blanche ornent les fenêtres à carreaux qui laissent pénétrer une douce lumière. Le plancher est en bois. Il est un peu usé, mais ça ne fait qu'ajouter du charme à cette jolie maison d'antan. Les murs sont tous faits d'épaisses lattes de bois disposées à l'horizontal. On se croirait dans un chalet. Au milieu de la pièce s'étend un long corridor.

La porte s'ouvre. Je me retourne et aperçoit Nolan, Édouard, Nicolas et Philippe pénétrer dans le motel.

— Bonjour, je m'appelle Gaëlle. Je suis la propriétaire du motel. Comme je l'expliquais plus tôt à vos amis, je vous facture un prix de groupe qui est de 180$ la nuit. Les repas sont inclus.

— Super! s'écrie Édouard. En plus, c'est joli ici.

— Maintenant que vous êtes tous arrivés, je peux vous faire visiter. Je vais commencer par vous faire visiter le premier étage. Ici, il s'agit du couloir central. Vous pouvez me suivre.

Accroché au mur sablé par le temps, un miroir de forme ovale renvoie mon reflet. Mes pieds s'immobilisent. Je porte la main à mon visage et touche la cicatrice traversant ma joue. Mon estomac se noue et mon cœur veut s'enfuir. Il court si vite que ça me fait mal. Mon souffle devient court. Je déteste les miroirs et les évite constamment. Je suis aussi marquée de lignes blanches sur les avant-bras, la poitrine et les cuisses. Lors de mon passage en famille d'accueil, j'ai tenté à maintes reprises d'extirper toute cette douleur de mon corps, mais en vain. Ce n'est évidemment qu'illusoire et éphémère. Je ne le fais plus, mais je dois avouer que parfois, j'en ai très envie.

La voix de Gaëlle vient me sortir de mes pensées sinistres.

— À votre gauche, voici la salle de bain et à votre droite, nous avons une petite chambre avec un lit double. Deux personnes pourront y loger.

— Je crois que nous pourrions la prendre, dit Ophélie. Moi et Nolan serions bien ici. Il y a une magnifique fenêtre et cette chambre est très coquette.

Le couvre-lit est bourgogne et fleuri. On peut observer un charmant fauteuil rouge à côté du lit. À droite de ce dernier, une petite porte donne sur une penderie avec un miroir accroché à l'endos. Le plancher est recouvert d'un tapis beige désuet. Une grande fenêtre complète à merveille ce petit nid d'amour, qui elle aussi, est habillée de blancs rideaux en dentelle.

— En effet, étant donné que nous sommes le seul couple, je crois qu'Ophélie a raison et que nous aurions plus d'intimité ici. Il me semble qu'il n'y ait pas d'autres chambres autour de celle-ci, n'est-ce pas Gaëlle?, interroge Nolan.

— Si nous continuons la visite, nous allons ouvrir la porte se trouvant au bout du couloir.

Je remarque à l'instant que Gaëlle prend une pause, regarde autour d'elle, et reprend :

— À votre gauche, nous avons la salle à manger avec la petite cuisine.

Ça donnait l'impression qu'elle faisait la visite pour la première fois, elle aussi. Je souris discrètement, et me ravise. J'ai aussi remarqué qu'elle avait ignoré, volontairement ou non, la question de Nolan.

La cuisine est minuscule. On y retrouve néanmoins le nécessaire : une cuisinière, un réfrigérateur et un four micro-ondes tassés les uns contre les autres. La cuisinière et le réfrigérateur sont de couleur jaune-beige, nous indiquant leur origine néandertha-lienne. Pour ce qui est de la salle à manger, la pièce est de grandeur suffisante pour qu'une douzaine de personnes puissent s'installer autour de l'immense table en bois massif s'y trouvant. Un beau grand tapis bleuté est situé sous la table. La décoration est partout la même dans ce motel : des rideaux en dentelle et des murs en bois.

— Allons à notre droite. Voici la salle de séjour. Vous pou-vez venir y relaxer quand bon vous semble. Des livres et une télé-vision sont à votre disposition, comme vous pouvez le constater.

Deux spacieux divans bleus saphir sont installés face à face. Deux fauteuils de la même couleur viennent clore l'aménagement de forme ovale. Une large fenêtre nous offre une vue sur le terrain vaste et désert encerclant le cottage. Une jolie table à café sous laquelle on y a mit des livres et des revues constitue le point de mire de ce décor.

À même le salon, deux portes sont entrouvertes vers la droite, tout au fond.

— Vous pouvez me suivre. La première porte donne sur...la salle de lavage, dit Gaëlle.

On aurait vraiment pu dire qu'elle attendait de voir ce qui se trouvait derrière la porte avant de nous l'annoncer. Étrange, mais bon, tout ça n'est sûrement que dans ma tête.

Au fond de la salle de lavage, une fenêtre nous laisse voir une petite maison à plusieurs mètres de nous. Mon dieu, enfin de la populace!, me dis-je intérieurement. Gaëlle poursuit et ouvre évidemment l'autre porte avant de nous dire ce qui s'y trouve:

— Voici les douches.

Deux douches sont côte-à-côte dans cette petite pièce. Des serviettes remplissent une étagère en bois.

— Nous allons maintenant retourner à l'accueil pour monter au deuxième étage. Vous avez probablement tous remarqué tout à l'heure l'escalier fixé au mur à gauche du bureau de la réception.

Nous retournons dans le couloir, dépassons la salle d'eau et la petite chambre. Je remarque, un peu plus loin, une porte du même côté que se trouve la salle de bain. Je demande alors à Gaëlle:

— Excusez-moi, Gaëlle. Avons-nous accès à ce qui se trouve de l'autre côté de cette porte?

Gaëlle semble alors déstabilisée :

— Euh! Non, pas vraiment...en fait, il s'agit de la cave et il n'y a rien d'intéressant. Elle m'est réservée uniquement. Montons à l'étage, maintenant.

Il y a quelque chose de vraiment bizarre dans le comportement de la propriétaire. J'ai tendance à ne pas faire confiance facilement. Ce type d'agissement ne me rend pas à l'aise du tout, comme si je devais m'attendre à ce qu'en ressorte le Malin. Mais je ne suis pas sans savoir que ma tendance à exagérer me joue souvent des tours et frise parfois le ridicule, donc cesse de t'imaginer le pire, Léanne!

— Nous sommes maintenant au deuxième étage. Tout de suite à notre gauche, une belle chambre avec deux grands lits pourra héberger quatre personnes. Si nous continuons, à votre droite, nous avons une autre chambre avec un lit double et un lit simple. Donc, trois personnes pourront y séjourner. Finalement, derrière la dernière porte se trouve...une autre chambre avec un lit double et un lit simple. Comment voulez-vous vous départager les chambres? Philippe dit qu'il pourrait dormir avec Patrick. Ce dernier acquiesce. J'ajoute :

— Très bien. Moi et Ève pourrions se joindre à vous et prendre la chambre contenant deux grands lits.

— Parfait. Et pour vous?, demande Philippe aux trois autres.

— Nous dormirons les trois dans la chambre à notre droite, tout de suite après vous. On laissera la chambre du fond vacante, si jamais d'autres personnes voulaient la louer, se prononce Édouard.

— Merveilleux! Tout le monde est content. Il sera bientôt l'heure du dîner. Je vais aller vous préparer quelque chose en bas. Installez-vous pendant ce temps. Je vous attendrai à la salle à manger.

Chapitre 5
Le plan

Ouf! J'espère que personne ne s'est aperçue que je n'avais aucune putin d'idée de ce qu'il y avait derrière chaque porte. À part la salle de bain et la cave, tout m'était inconnu. Bon, je dois leur préparer quelque chose à manger maintenant, bordel!

Je fouille dans le congélateur et que vois-je? Un gros pot rempli de ce qui semble être de la sauce à spaghetti. Je vérifie et c'est bien ça. Il ne me reste plus qu'à trouver des fichues pâtes.

Une demi-heure plus tard, tout est prêt. Mes neuf amis descendent et mangent goulument. Je leur annonce ce que je viens de décider sur-le-champ :

— En passant, j'ai oublié de vous mentionner qu'il me fait plaisir de vous nourrir. Par contre, le règlement de la maison stipule que vous devez tout ramasser et nettoyer par la suite. C'est à vous de faire la vaisselle.

Tout le monde me regarde sans dire un mot. Il semble tous très surpris. Non, mais s'ils pensent qu'en plus je vais les torcher, il y a des limites. Je ne suis pas leur bonne, merde.

Je poursuis :

— Ma maison se trouve à quelques mètres derrière le motel. Je reviendrai vous préparer à souper. Sur ce, je vous souhaite un bon séjour.

— Merci, me disent-ils tous en choeur.

Dans la cuisine, il y avait une porte menant derrière le motel, donc à la maison de la propriétaire. Je l'ouvre et m'oriente vers mon domicile temporaire. Il y a une bonne centaine de mètres à parcourir.

En ouvrant la porte d'entrée, je vois Delthémor et Zéphiel assis à table en train de manger un sandwich.

Je me retire et explore la demeure. C'est une petite maison très coquette, mais aussi très vieille. À chaque pas que je fais, j'ai l'impression que le plancher va s'écrouler sous mes pieds. Je me promène sur l'unique étage et je cherche une pièce dans laquelle je pourrai enfin être seule. Au bout du petit et étroit corridor se trouve une chambre. Je présume que c'est la chambre principale, dans laquelle dormait la défunte. L'imprimé de chaque tissu est fleuri. Les draps, les rideaux, les taies d'oreillers... Tout est fleuri. Je trouve cela horrible, mais c'est un bon endroit pour rester seule et me livrer à mes réflexions. J'y pénètre et ferme la porte. La douce lumière du jour effleure ma peau et je peux en sentir la chaleur. Je m'assois sur le lit et regarde par la fenêtre en m'abandonnant à mes pensées.

Comment devrai-je m'y prendre pour le second meurtre? Je n'ai pas envie que la panique s'installe dans le motel. De plus, je tiens à ce que mon meurtre soit bien planifié, afin de commettre le moins d'erreurs possibles.

Ça y est!...J'ai trouvé!

Chapitre 6
Bon séjour!

Je n'en reviens pas encore que la propriétaire nous fasse faire la vaisselle. Je déteste faire la vaisselle. Par contre, elle a été assez gentille pour tous nous héberger à un prix très abordable. Je ne vais donc pas me plaindre. Je vais finir cette foutue vaisselle sans broncher avec mes camarades.

Nous nous regardons et constatons à quel point nous sommes cernés.

— Je vais piquer un somme, dit Patrick.

Tout le monde enchaîne :

— Moi aussi!

Quelques heures plus tard, je suis la première à me réveiller. Je me tourne la tête en direction du réveille-matin se trouvant à ma droite sur la minuscule table de chevet. Mon Dieu! Nous avons dormi tout l'après-midi. Le cadran affiche 5h15 pm. Je me lève en vitesse et va réveiller tout le monde afin qu'on se retrouve à la salle à manger. Je n'ai pas envie de sauter le souper. Mon ventre gargouille.

Arrivée à la salle à manger, j'aperçois Gaëlle en train de cuisiner. Je vais la voir et lui dis que les autres s'en viennent bientôt et que notre somme nous a fait le plus grand bien.

Une fois tous installés autour de la table, la dame nous apporte notre souper. Eh! Merde!... Encore du spaghetti! J'espère que l'on ne mangera pas que ça tout le long de notre séjour. Personne n'a l'air enchanté de manger encore une fois du spaghetti, mais bon, à cheval donné, on ne regarde pas la bride.

Après le souper, nous allons tous relaxer au salon. Nous avons trouvé un paquet de cartes sous les revues de la table centrale. Certains décident donc de jouer aux cartes, tandis que d'autres discutent ou lisent une revue. Vers 9h30, je décide d'aller prendre une douche. Ophélie me dit qu'elle va y aller aussi, étant donné qu'il y en a deux.

J'ai le temps de sortir de la douche et d'enfiler mon pyjama avant qu'Ophélie se montre le bout du nez. Je me brosse les dents et lui dit bonne nuit. Je constate que tout le monde est déjà couché et aucun bruit ne se fait entendre. Je monte donc à l'étage et m'installe dans mon lit. Je ferme la lumière de la lampe se trouvant à mes côtés. J'adore me coucher les cheveux trempés, sans raison particulière.

Cela fait à peine deux minutes que j'ai les yeux clos, quand un bruit sourd vient me tirer de mon état somnolent. Je me demande ce que c'est et décide d'aller voir. Je crois que ça vient du premier étage. En sortant de ma chambre, j'aperçois Patrick et Philippe.

— Avez-vous entendu ce bruit? Qu'est-ce que ça peut bien être?, chuchote Patrick.

— Aucune idée. Allons voir!, enchaîne Édouard.

Nous regardons à l'accueil et tout semble normal. Nous continuons notre chemin, traversons le corridor et pénétrons dans la salle à manger. Toujours rien d'anormal. Nous regardons dans la cuisine, puis dans le salon. Rien. Je me dirige vers les douches. La porte est entrouverte. Ophélie n'a probablement pas fermé la porte en sortant, car je me souviens de l'avoir fermée tout à l'heure, après ma douche. Je pousse sur la porte et...

Je fige. J'ai l'impression de vivre un cauchemar. Ce que je vois ne peut être réel. Je n'ai plus aucune réaction. Je suis complètement dans ma bulle. Celle-ci m'empêche même de percevoir de façon distinctive les cris et les paroles de mes deux amis. De sombres et atroces images défilent à une vitesse folle dans ma tête. Un énorme et pesant souvenir maladroitement dissimulé dans ma mémoire fait éruption. J'ai mal. Mal à la tête, mal à mon cœur, mal à l'âme. J'aurais envie de me faire saigner comme une truie, juste pour me délivrer de cette souffrance trop lancinante.

Ophélie gît sur le sol dans une mare de sang entourant principalement sa tête, glissant le long de son corps jusqu'à atteindre le drain. J'enjambe lentement son corps et va fermer le robinet. Ma main tremblante est couverte de sang. Je dirige alors mon regard vers le mécanisme et constate sa couleur écarlate, une couleur qui glisse sombrement sur la longue poignée.

Ophélie est nue et elle semble nous regarder. Je sors quelque peu de mon état hypnotique, me penche vers elle et me rends compte qu'elle respire encore. Elle murmure quelque chose.

J'approche mon oreille de ses lèvres pour mieux saisir les mots : « Pourquoi m'as-tu fait ça? » et elle libère son dernier souffle. Je pleure en lui disant : « Fait quoi, Ophélie? Fait quoi? »

Constatant sa mort, mon regard devient froid et immobile. Je me renferme à nouveau dans ma tête. Je vois tout ce sang dans lequel Ophélie baigne. Je m'assois près d'elle et pose sa tête sur mes genoux. Je lui caresse les cheveux en fredonnant un air familier…

Mon ironique quiétude est perturbée par un brouhaha qui s'est installé autour de moi. Tous mes amis font maintenant acte de présence. Toutes sortes de cris et de pleurs se font entendre.

Les yeux de Patrick s'arrêtent sur un savon se trouvant au sol non loin du corps inerte. Il s'adresse à nous, le regard vide et la voix basse :

— Elle a probablement glissé sur le savon, s'est fracassée violemment la tête sur la poignée du robinet pour ensuite se la percuter contre le sol. C'est ce qui a dû provoquer le bruit que nous avons entendu là-haut. Par contre, sa plaie semble si profonde. Il y a quelque chose qui cloche.

Il s'arrête un instant et semble réfléchir.

En ce qui me concerne, ce que je vois m'horrifie et je me questionne à savoir ce qui s'est passé, surtout en songeant aux paroles qu'elle m'a dites juste avant sa mort. Je commence tranquillement à me reconnecter à la réalité.

Tout le monde est sous le choc. Personne ne parle. Philippe brise le silence :

— Nous devons aller avertir la propriétaire et appeler les secours. Moi, je me charge d'en informer Gaëlle. Je m'en vais chez elle sur-le-champ.

— Moi, je vais composer le 911, dit Édouard en se précipitant vers l'accueil.

Je regarde un peu partout, ne sachant où donner de la tête, complètement anéantie et impuissante. Dans le coin du salon, j'aperçois Nolan recroquevillé et les yeux plongés dans le néant. Il l'aimait tant son Ophélie.

Chapitre 7
Le second extase

Il est environ 21h15 et je sors de chez moi afin d'espionner mes chères futures victimes. J'ai décidé d'attendre qu'elles se couchent et de m'en prendre à la dernière personne qui serait debout. J'espère que tout se déroulera comme prévu. Si ce n'est pas le cas, je ne sais vraiment pas de quelle façon j'arriverai à perpétrer discrètement l'acte du mal ce soir. Mon second assassinat doit se faire le plus silencieusement possible afin que ne surgisse le moindre doute dans leur esprit. Ils doivent s'imaginer qu'il s'agit d'un banal accident. Des hurlements et des bris d'objets pourraient laisser croire à une présence étrangère. L'affolement en découlerait et la partie deviendrait trop complexe pour me permettre de déguster mon plaisir. J'ai envie de jouer et je ne veux pas qu'ils soient sur leur garde dès le début de mon petit jeu.

J'arrive derrière le motel et constate qu'ils se détendent tous au salon. Je m'installe donc dans un petit coin dehors afin de ne pas être vue. Je peux voir et entendre un peu ce qui se passe grâce à la petite fenêtre devant moi que j'avais pris soin de laisser ouverte quand j'ai quitté le motel après le souper. J'attends.

Quelques minutes plus tard, j'entends mes proies se souhaiter une bonne nuit. Les camarades se dirigent tous vers leur chambre, à l'exception d'Ophélie et de Léanne. Je réussis à capter quelques bribes de leur conversation et je comprends qu'elles s'en vont toutes les deux aux douches. Je les aperçois quitter le salon et se diriger vers le couloir. Elles vont probablement chercher leurs accessoires et pyjamas. J'attends toujours sans bouger qu'elles reviennent. C'est Léanne qui revient la première. Elle entre dans la salle des douches et ferme la porte. Ophélie n'arrive pas. J'attends encore quelques minutes et me dis que peut-être Ophélie a changé d'idée et qu'elle s'est assoupie. Je décide de me lever et pose ma main sur la poignée de porte menant à la cuisine. C'est alors qu'Ophélie apparaît. Je me baisse rapidement. Je me relève tout doucement afin de voir si elle est entrée dans la salle des douches.

Je la vois ouvrir la porte et entrer. Je me remets donc à la même place et me tapis dans mon coin sombre. Deux minutes s'écoulent et je vois Léanne sortir de la pièce et disparaître dans la lumière du couloir.

Voilà ma chance. Je dois maintenant agir vite et décider de la façon dont je vais la tuer. Il est prévu que j'improvise à ce moment-ci. J'aime sentir les effets de l'adrénaline.

Il est temps d'utiliser mon pouvoir pour la première fois. Je me concentre sur l'image et la voix de la belle Léanne. Ça ne fonctionne pas. Je dois être trop nerveuse. Je m'arrête un instant, et me concentre davantage. Je ferme les yeux et songe à chaque détail de son image corporelle, de ses sourires et ses regards. Une sorte de sentiment haineux m'envahit et je ressens plein de fourmillements agressifs à travers chacun de mes membres. C'est désagréable et agréable à la fois. Tout cela s'est fait très vite et en quelques secondes, me voilà transformée en Léanne. Du moins, j'en ai son apparence. J'ouvre maintenant la porte menant aux douches. Mon coeur bat si vite que si je n'étais pas déjà morte, j'aurais craint pour ma vie. Un bref moment d'hésitation me retient. Je vais la tuer sans armes, à mains nues. Son sang va tacher mes mains. J'ai tué une fois, mais serai-je capable à nouveau? Trop de questionnements au mauvais moment. Ce n'est vraiment pas le temps, mais je ne peux empêcher l'anxiété de m'envahir. Je dois lâcher prise, respirer et focaliser sur la mission à accomplir.

— Léanne, c'est toi?, demande Ophélie qui est toujours sous la douche.

OK! Je ne peux plus reculer. Je dois agir, peu importe mes états d'âmes et l'anticipation de la culpabilité qui me titillera par la suite.

— Oui, c'est moi. J'ai oublié quelque chose.

Wow! Je n'en reviens pas à quel point ma voix a exactement la même tonalité que celle de Léanne. Je me retourne et m'admire dans la glace. Chaque détail est parfait. C'est magnifique!

Je me déshabille pour ne pas humecter mes vêtements d'eau. Je les mets tous en boule dans une serviette et prends soin d'en mettre une autre devant la douche où se trouve Ophélie. Je prends une profonde inspiration, me concentre fortement sur ma haine envers la race humaine et je me lance...

— Léanne...mais, mais que fais-tu? En plus, tu es complètement nue!

La confiance me gagne. La fébrilité grafigne ma peau. Je veux m'amuser et aimer la détester. Un sourire diabolique se dessine sur mon visage. Mon silence est meurtrier et effroyable. Je vais recommencer...

— Mais qu'est-ce qui te pr...

Elle n'a même pas le temps de finir sa phrase. Je lui mets la main sur la bouche et, avec toute ma furie, je lui éclate le crâne sur la poignée allongée du robinet de la douche. Celle-ci traverse sa boîte crânienne et se loge dans son cerveau. Je retire sauvagement l'objet de la tête d'Ophélie en agrippant ses cheveux fermement et en tirant vers moi. Je la couche ensuite sur le sol avec rudesse. Elle est si faible que les seuls sons qu'arrivent à produire ses cordes vocales sont de douces plaintes. Je prends soin de mettre le savon par terre, afin de renforcir l'hypothèse de la mauvaise chute. Je sors de la douche en déposant mes pieds sur la serviette. Je prends cette dernière et me sèche rapidement. Je l'emporte avec moi ainsi que l'autre serviette mis en boule dissimulant mes vêtements. Je ne veux éveiller aucun soupçon. Je sors de la pièce et me précipite vers la porte de la cuisine. Je la ferme derrière moi et court jusqu'à la maison de la vieille picouille.

Je me revêtis et entre à l'intérieur. Je me dirige vers ma chambre sans même saluer mes compagnons. J'y entre et ferme la porte. Je m'écroule sur le sol en évacuant le stress que m'a procuré mon second meurtre. Je fixe le mur. Un léger sourire s'esquisse sur mon joli minois, qui est encore celui de Léanne. Étonnamment, un sentiment de plénitude m'envahit. La peur que j'ai pu percevoir dans son regard m'a donné du courage et de l'excitation. Le fait de pouvoir faire si peur à quelqu'un, car cette personne sait que sa vie tient entre mes mains, m'accorde tant de pouvoir. Ce pouvoir que j'ai pu avoir ce soir sur cette dinde d'humaine m'a extasié. J'en demande plus. D'un autre côté, je me sens un peu mal. Une certaine culpabilité vient hanter mes pensées en me rappelant que cette jeune femme était innocente et ne méritait peut-être pas un châtiment aussi cruel et excessif. C'est le diable qui doit être content. J'agis avec rudesse et mépris envers des gens qui ne m'ont rien fait. Ma conscience me fait chier. Je ne suis plus sensée en avoir de putin de conscience, je suis morte! Comment se fait-il que je ne puisse pas tuer juste pour tuer. Je les hais tous en plus, je ne devrais pas me sentir ainsi. J'imagine que cela fait inévitablement partie de la marche à suivre pour devenir une tueuse sans vergogne, sans retenue et sans culpabilité. Le petit diable sur mon épaule vient me donner une petite claque sur la tête : « Tu te poses beaucoup trop de questions. C'était une conne cette fille. Ils sont tous pareils ces conards d'humains. Arrête de te culpabiliser! »

Je me ressaisis et sors de ma chambre à pas légers, fière de mon accomplissement. Au même instant où j'allais rejoindre mes deux amis du mal, on frappe à la porte plusieurs fois avec grande fougue dans le poing.

Je vais ouvrir et un homme au visage abattu se tient devant moi.

— Gaëlle, Gaëlle, c'est Ophélie! Elle a eu un accident grave et je crois qu'elle en est morte.

— Comment? Que dis-tu? Que s'est-il passé?

— Venez, vite! Nous avons appelé les secours...

Je m'empresse de le suivre pour éviter tout soupçon. Je ne veux pas qu'on se doute de quoi que ce soit à cette étape-ci de mon jeu. Nous arrivons sur la scène de crime, ma scène de crime.

Tous et chacun semblent très ébranlés par la mort subite d'Ophélie, particulièrement Léanne. Elle agit de façon étrange en chantant cette vieille chanson qu'interprétait Judy Garland dans le film The wizard of Oz. Je m'approche d'elle et découvre une jeune femme effrayante, le regard absent, la voix cassée et les mains caressant les cheveux trempés et rouges d'Ophélie.

Je me fonds au décor et affiche, moi aussi, ce faux regard attristé et démoli. Je suis à ma belle et grande surprise une actrice, ma foi, hors pair.

Les voitures de la police et de l'ambulance arrivent sur les lieux. Les ambulanciers sont les premiers à pénétrer dans la maison. Tous leur indiquent l'endroit précis du drame. Nous observons les ambulanciers vérifier l'état d'Ophélie. Après quelques minutes, ils annoncent officiellement son décès. Les policiers se sont joints à eux entretemps. Ils sont tous clairs sur la cause : chute accidentelle. Ils disent n'avoir perçu aucune trace de violence, mais que le rapport du médecin légiste nous en dira plus long sur le sujet vu la profondeur de la blessure. Les ambulanciers installent la défunte sur la civière entourée de gens en pleurs.

— Je dois aviser ses parents, dit Nolan, la voix plein de sanglots.

Et il quitte la pièce.

Les gens de loi et de premiers secours ont maintenant quitté le motel. J'observe mes marionnettes discuter entre elles. Je reste assise à leurs côtés. Elles semblent toutes d'accord avec Patrick pour insinuer que la cause du décès d'Ophélie est ambiguë et discutent du fait que les policiers n'ont pas recherché suffisamment d'indices. Philippe tente d'expliquer ce comportement :

— Mais bon, c'est une petite ville. Ils doivent toujours élucider leur cas de la même façon et davantage concentrer leurs conclusions sur les autopsies. C'est au moins ça! Ces analyses nous révèleront peut-être un détail important sur la mort d'Ophélie, qui sait.

Léanne, qui semble encore lourdement perturbée et qui fixe le plancher, poursuit d'une faible voix:

— Il n'en demeure pas moins qu'il est vrai que cet accident est bien étrange. Quand je me suis approchée d'elle au moment de sa mort, Ophélie a murmuré «Pourquoi m'as-tu fais cela?». Je suis persuadée que ses paroles s'adressaient à moi.

Les visages de l'audience sont ébahis et interrogateurs. Quel beau spectacle auquel j'assiste! J'ai envie de sourire tellement je m'amuse. Je prends goût à ce jeu plus vite que je ne l'aurais cru.

Nolan revient :

— Personne ne répond chez elle. La voix de sa mère sur le répondeur dit qu'elle et le père d'Ophélie sont partis en croisière pour toute la semaine. Je ne sais pas quoi faire, car mis à part ses parents, Ophélie n'a aucune famille proche. Ses parents ne possèdent pas de cellulaires, ils détestent tous ces machins technologiques, comme ils le disent si bien.

Patrick reprend les rênes, car on sent un certain relâchement et découragement dans la salle :

— Bon, bon. Je sais que c'est difficile, mais nous devons nous ressaisir. Je propose que l'on passe encore quelques jours ici question de voir si nous pouvons découvrir des éléments importants se rapportant à la mort d'Ophélie. Peut-être qu'en réfléchissant ou en observant la scène où le drame s'est produit, nous trouverons quelque chose. De toute façon, la voiture n'est pas encore réparée. Qu'en dites-vous?

Tout le monde acquiesce à sa proposition, l'esprit complètement anéanti par la douleur et le chagrin que cause la perte de la jeune Ophélie.

Tout se passe à merveille.

Chapitre 8
Le deuil

Je ne peux pas croire ce qui arrive. C'est tout simplement horrible. Je connaissais Ophélie depuis si longtemps. Nous avons été à l'école primaire ensemble, grandi dans le même quartier, partager nos joies et nos peines... Je vais tellement m'ennuyer d'elle.

Le lendemain matin, je me lève franchement barbouillée.

La nuit fut des plus mouvementées. Le peu de temps que j'ai réussi à dormir, j'ai fait de terribles cauchemars. Je revoyais Ophélie couverte de sang qui ouvrait soudainement les yeux et me répétait sans cesse la même phrase : « Pourquoi m'as-tu fait ça? ». Ensuite, elle rejetait sa tête par derrière jusqu'à ce que son cou déchire. Le sang giclait partout et je me réveillais en hurlant. Ma nuit fut aussi hantée par d'autres cauchemars de la sorte tous plus horribles les uns que les autres.

Je descends au rez-de-chaussée et cherche mes amis. Je les retrouve dans la salle à manger, un café ou un jus d'orange à la main. Certains mangent, d'autres non. Les émotions remplacent l'appétit. Je ne le réalise pas encore : Ophélie est morte! Pouf! Disparue... Tant de souvenirs partagés que seulement moi connais maintenant. Et quand je mourrai à mon tour, ces souvenirs n'existeront tout simplement plus. Je suis si déprimée. Je ne sais pas comment je ferai pour surmonter cette dure épreuve. J'ai vécu des événements trop traumatisants dans ma vie pour que les mots « saine d'esprit » puisse être envisageables, même en rêve. J'aurais envie de rester assise seule dans un coin et de m'y fondre indé-finiment. Mon cœur est ravagé par la haine, la tristesse et la rage. Le mélange de ces trois poisons fait naître en moi une boule de souffrance inégalable. J'ai l'impression que mon cerveau agit indépendamment de moi-même. Il me fait avancer un pied devant l'autre, me fait parler, réagir…Mon être intérieur, lui, n'avance pas, ne dit pas un mot et surtout, est inerte et sans réaction. Je suis une morte dans un corps vivant. Mais je me bats contre mon être intérieur afin de continuer à vivre un peu.

Je décide d'aller m'asseoir aux côtés de Nolan. Il porte une tasse de café à ses lèvres, prend une gorgée et finit par tourner sa tête vers moi :

— Ah! Léanne, mais qu'est-ce que je vais faire? Je l'aimais tellement, c'était la femme de ma vie.

Il éclate en sanglots. Après quelques secondes, il essuie ses larmes remplies d'amour et met sa main dans la poche de sa chemise, au niveau de sa poitrine. Il en sort une petite boîte.

Il l'ouvre et de grosses larmes ruissèlent sur mes joues.

— J'allais la demander en mariage sous peu. J'attendais seulement le bon moment, un moment intime pendant lequel notre amour aurait été à son apogée.

Il pleure et continue:

— Personne ne peut s'imaginer à quel point je ressens un vide dans ma poitrine, dans mon estomac, dans ma tête, partout en fait...Nous n'aurions jamais dû partir. Nous aurions dû vous laisser faire votre trip d'aventurier entre vous, entre célibataires. De cette façon, rien ne lui serait arrivé. Le pire, Léanne, est que c'est moi qui l'ai convaincue de participer à ce voyage. Elle était plutôt réticente à cette idée au début, mais après plusieurs jours à la bombarder d'arguments en faveur du projet, elle a finalement cédée. Ce que je peux être un sale con égoïste. Maintenant, je me retrouve seul, sans elle.

Et il s'abandonne à ses pleurs à nouveau. Moi, je ne dis pas un mot. Je laisse ma présence le consoler. Je ne suis pas en mesure de lui offrir davantage.

J'aperçois Gaëlle qui s'approche vers moi. Elle me demande si je veux un café et me souhaite ses condoléances. Elle est vraiment gentille. Elle fait le tour de tout le monde autour de la table et leur demande s'ils ont besoin de quelque chose, s'ils ont faim ou soif et elle leur souhaite ses sympathies également. Elle prend soin de nous ce matin et c'est très apprécié.

La journée avance très lentement. Le silence est de mise. Les seuls bruits présents sont les pleurs et les chuchotements de gens qui se remémorent entre eux à quel point Ophélie était une fille géniale.

Personne n'est sorti à l'extérieur du motel depuis que les ambulanciers sont repartis hier soir, avec le corps de mon amie. Ça ne tente personne non plus, je crois.

Je monte à ma chambre et y reste un bon moment sans rien faire. Je revois sans cesse les mêmes images horribles se succéder dans ma tête : Ophélie flambant nue gisant dans son sang sur le sol de la douche et me fixant avec d'énormes yeux accusateurs. Je me remémore également la phrase qu'elle m'a dite et je cherche sans cesse à comprendre ce que voulaient dire ces mots. J'ai très envie de descendre à la cuisine, choisir un couteau bien affilé, remonter à ma chambre et me délivrer temporairement de toutes souffrances. Regarder le sang s'échapper de mon corps pour faire place à du sang nouveau et pur, mais qui deviendra à nouveau impur par la suite, car le vieux sang contaminera le nouveau de toute façon. Les souvenirs restent à jamais…

Je redescends au premier étage plusieurs heures plus tard. Le souper a déjà été servi et mes copains font la vaisselle. Je m'en fiche, je n'ai pas faim. J'ai les mains qui tremblent depuis ce matin. J'ai le nez froid et le cœur brisé.

Je vais m'asseoir seule au salon et je regarde le temps avancer sur l'horloge accrochée au mur. Des larmes s'échappent de temps à autre.

La plupart de mes amis viennent me rejoindre dans le salon, tandis que les autres sont probablement partis à leur chambre afin d'avoir un peu d'intimité.

La nuit tombe.

Chapitre 9
Le massacre

Dès mon retour à la maison de la propriétaire, je fais claquer la porte derrière moi et souffle un bon coup. Zéphiel et Delthémor me regarde, l'air interrogateur.

— Ces policiers et ambulanciers sont vraiment des imbéciles et j'en suis bien heureuse. Pas vraiment de question et conclusions hâtives, c'est ce que j'appelle un scénario parfait. Tout se passe comme je le voulais, mais je vais vous avouer que j'ai tout de même eu chaud. Je ne voulais pas que mes invités décident de quitter tout de suite le motel... Je n'avais pas pensé à cela avant d'agir. L'impulsion sera dorénavant à proscrire pour laisser place à une préméditation plus mûrie. Je n'aurais pas apprécié être obligée de les tuer tous maintenant.

— Tu es bien chanceuse, dit Delthémor d'un ton amer.

— Je le sais, mais ça ne m'aurait pas empêché de réussir ma mission.

— Peut-être que oui, car huit personnes à tuer en même temps peut mener à certains imprévus.

Voyons Delthémor, nous l'aurions aidée, enchaîne solidairement Zéphiel. Tel est notre rôle établi par notre maître.

— Oui, mais on ne peut pas tuer nous-mêmes des humains à sa place.

— Je sais, mais notre aide aurait favorisé grandement sa réussite. D'ailleurs, je voulais te faire part d'un service que je t'ai rendue tout à l'heure afin de te donner une chance si jamais nos huit proies avaient opté pour la fuite. Dès le départ des officiers, j'ai utilisé le pouvoir énergétique que je possède afin de créer un immense dôme invisible qui surplombe et enrobe complètement le motel. Donc, depuis quelques heures, ils ne peuvent pas quitter. Ce champ magnétique, qui encercle la maison dans un rayon de plusieurs mètres, n'a aucun impact sur nous. Il n'y a que nous qui pouvons la traverser, mentionne fièrement Zéphiel.

— C'est très impressionnant et je t'en remercie. Ce dôme me sera, en effet, d'une grande aide. Je me questionnais justement à savoir ce que j'allais faire s'ils décidaient de s'en aller.

Je les quitte et vais à ma chambre afin de planifier plus méticuleusement mon plan de demain soir.

Il est maintenant 22h00 et j'attends patiemment que toutes les lumières du motel soient éteintes. J'irai leur rendre une petite visite surprise dès qu'ils dormiront. J'ai passé la journée et la soirée à échafauder un petit plan machiavélique pour mes chers amis Nolan, Édouard, Nicolas et Félix. Je suis très heureuse que personne n'ait tenté de sortir hors de la maison. Un vent de panique aurait secoué mes visiteurs et emporté avec lui tout mon enchantement.

J'ai rempli mon sac à dos des instruments dont j'aurai besoin pour mon massacre : de la corde, une paire de ciseaux, un gros couteau de cuisine et du ruban adhésif gris et large, gracieuseté de notre chère madame la propriétaire.

Ça y est, il est 22h30 et le cottage baigne dans une douce obscurité. Du moins, c'est ce que j'aperçois au travers des fenêtres. Je fouille dans la garde-robe de la dame, duquel j'ai d'ailleurs trouvé la corde. Je cherche une tenue complètement noire afin de ne pas trop attirer l'attention. Évidemment, je n'en vois pas. Tout ce que j'ai réussi à dégoter se trouve à n'être que de grandes robes fleuries, d'autres tenues couleur saumon ou vert malade. Ouach!

Je décide de garder mes vêtements finalement, ceux que je porte depuis mon retour sur Terre. Un t-shirt moulant kaki fait ressortir mes jolis yeux noisette et mes cheveux bruns pâles. Quoi de mieux qu'un jeans pour accompagner le haut!

Je continue d'attendre, car je souhaite que mes brebis roupillent comme des bébés. Il est 23h15. J'attends toujours. Je veux que mon plan soit un succès. Je mets mes souliers et me prépare tranquillement à partir. Il est presque minuit. À cette heure, ils doivent probablement tous être endormis. À l'action!

Je pénètre silencieusement dans le cottage et ma première victime sera Nolan. Il doit se sentir si seul. Il me fera plaisir de le délivrer de ses souffrances. Je passe d'abord par la cuisine et saisis une poêle en fonte. J'arrive à la chambre de Nolan. Juste avant d'y pénétrer, je ferme les yeux et me concentre afin de me transformer. La porte n'étant pas close, je la pousse délicatement. J'entre sur la pointe des pieds, réveille doucement le jeune homme et allume la lumière. Je dois dire qu'il est très bel homme. Mais il semble trop gentil, et les gens trop gentils, ils me tapent sur les nerfs. De toute façon, gentil ou pas, je m'en fous. Il mourra.

Il ouvre les yeux et semble confus. Son visage prend un air interrogateur. Il me fixe, ahuri.

— Ophélie! Mais, mais... C'est impossible.

— Salut mon coeur!

— D'autant plus que tu ne m'as jamais appelé de cette façon, répond Nolan, déconcerté.

— Je suis venu reprendre ce qui m'appartient, mon amour!

Il me saute au cou et me serre dans ses bras très fort. Je saisis la lourde poêle que je dissimule derrière mon dos et lui assène un bon coup sur la caboche. Il perd connaissance et s'écroule sur le sol. Je le traîne sans difficulté jusqu'au petit fauteuil rouge se situant à côté de son lit. Je l'assois dessus et cherche dans mon sac à dos la corde, les ciseaux et le ruban. Je coupe des morceaux de corde et le ligote. Ses mains et ses pieds sont fermement attachés au fauteuil de suède. J'ajoute une corde pour maintenir sa taille. Je lui pose du ruban sur la bouche et attends patiemment qu'il s'anime. Au bout d'une vingtaine de minutes, sa tête bouge. Il la soulève hardiment et ses paupières s'éveillent. Ses étourdissements retardent de quelques secondes l'enclenchement de son alarme intérieure. Il réalise qu'il est ligoté et par conséquent, captif. Il me regarde avec des yeux qui ne demandent qu'à comprendre ce qui se passe.

— Mon cher Nolan. Tu ignores pourquoi je suis ici. Je suis sensée être morte, n'est-ce pas? En fait, mon chéri, comme je te l'ai dit avant de te donner un coup sur la tête, je suis venue reprendre ce qui m'appartient. Quand deux personnes sont en amour, mon trésor, ils se partagent tout et se donnent tout, même leur coeur. Je dois le reprendre.

Je me penche et sors le couteau de mon sac. Je peux lire la terreur dans son regard. De grosses gouttes de sueur perlent sur son front d'innocent. J'adore faire peur, c'est moi qui domine... J'ai le contrôle!

Je pointe le couteau dans sa direction et le rapproche de sa poitrine.

— As-tu deviné ce que je vais te faire? À regarder ton corps tremblant et tes yeux débordant d'effroi liquéfié, je suis persuadée que tu as saisi. N'est-ce pas de l'amour pur que ce geste d'offrande concret? J'ai envie de tenir ton coeur entre mes mains. Il m'appartient après tout.

Il tente de se libérer. Il gigote dans tous les sens, mais en vain. On entend quelques sons provenir de sa bouche, mais rien de clair, évidemment. Je le regarde en souriant. Il finit par se calmer, et des larmes continuent de glisser sur ses joues. C'est étrange, mais ça ne me fait ni chaud ni froid. Je n'éprouve aucune pitié. Le petit ange sur mon épaule qui me donnait ce sentiment de mal aise et de culpabilité semble s'être envolé. Je suis passée à une autre étape. J'irais même jusqu'à dire qu'en ce moment, je n'éprouve que du plaisir et de l'excitation. En réfléchissant aujourd'hui, j'ai réalisé qu'en fait, la culpabilité est une émotion qui ne sert qu'à nous empêcher de faire le mal, car on anticipe qu'il viendra nous hanter par la suite. Je n'ai jamais connu personne qui s'est empêchée de me faire du mal et pourtant, ce sont des humains. Ces derniers sont supposés être pourvus de ce sentiment. Mais j'ai l'impression qu'en réalité, la société en entier souffre de psychopathie en faisant preuve d'autant d'égocentrisme, de peu ou pas d'empathie, de manipulation et d'absence de sentiment de culpabilité. C'est moi qui est saine d'esprit, c'est donc moi qui doit survivre... même si je suis déjà morte. Mon âme est une survivante qui ne s'éteindra pas. Au contraire, elle brillera dans la lumière noire du sombre anéantissement de la race humaine, car ce sont eux les fous! Je veux atteindre et posséder le mal absolu. Celui qui est pur et orgasmique, celui qui abattra le mal minable exercé de façon indigne. Tuons le mal par le mal.

Je me penche vers lui, lui donne un doux baiser sur le ruban qui dissimule ses lèvres et commence à enfoncer la pointe du couteau dans sa poitrine. Quelques gouttes de sang s'échappent et je continue de pousser sur l'arme du crime. Je découpe dans sa peau un gros rond de chair en le regardant quelques fois dans les yeux. Il peut lire sur mes lèvres silencieuses:

— Je t'aime.

Il souffre terriblement et tente de crier. J'extirpe le morceau de chair tendrement découpé et aperçois le coeur. Nolan commence à s'affaiblir. J'introduis le couteau dans le corps de mon amoureux et lui vole l'organe de l'amour en l'échancrant grossièrement. Je le tiens dans ma main. J'aurais bien aimé lui montrer, mais il est déjà mort. Il est mort en pensant qu'Ophélie l'a tué. Que c'est tragique! Je dépose le coeur sur ses genoux.

54

Le diable m'a bien dit de voir ces massacres comme un jeu et d'apprécier chaque instant lorsqu'on commet un meurtre. Et c'est ce que je fais. Je m'amuse comme une folle.

Je sors de la chambre de Nolan en prenant bien soin de remettre mes accessoires de torture dans le sac. Je fais un arrêt à la salle de bain se trouvant juste en face de sa chambre. Je lave mes mains, dégoulinantes de sang.

Je me dirige maintenant vers le second étage. Je grimpe les escaliers et ferme la porte où Léanne et les trois autres se trouvent. Je pénètre dans la chambre de droite. Je ferme la porte derrière moi. Nos trois anges dorment à poings fermés. Je n'ai pas omis d'emporter la poêle avec moi. Sans hésitation, j'assomme Édouard qui profite maintenant d'un sommeil profond.

Le bruit sourd réveille Nicolas qui dort juste à côté de lui dans le lit double. Il ouvre soudainement ses yeux et semble paniqué. Il se trouve devant une Ophélie bien vivante. Il est normal qu'il soit quelque peu dérouté, le pauvre. Il commence à s'agiter en apercevant l'objet noir qui est dans ma main. Je vais l'aider à se calmer. Bang! Le voilà à nouveau dans les bras de Morphée. Félix, se trouvant seul dans son lit simple, ronfle paisiblement. Je l'assomme également. Ensuite, je vais immédiatement pousser l'interrupteur vers le haut en prenant bien soin de mettre une serviette, que j'ai rapportée de la salle de bain, sous la porte afin qu'aucun rayon de lumière ne puisse être perçu par quiconque se situant à l'extérieur de la chambre. Je dois faire vite. Je sors ma corde et garrotte une seule main et les pieds de mes victimes à la structure du lit. Je sors le gros couteau de cuisine et le pose sur la commode. Je prends ensuite mon ruban adhésif, en coupe trois bouts et leur colle sur la bouche. Maintenant, j'attends impatiemment qu'ils se réveillent. J'ai si hâte de commencer mon petit jeu. Je suis sûre que ça va leur plaire.

Il y a plus d'une demi-heure qu'ils sont immobiles. Je les regarde et me rince un peu l'oeil. Les trois jeunes hommes sont en caleçons et ont de jolis gueules, je dois l'avouer. Je décide finalement de me lever et de stimuler leur réveil. Je débute avec le premier que j'ai estourbi plus tôt : Édouard. Je le brasse jusqu'à ce qu'il émette quelques sons et daigne enfin ouvrir les yeux.

— Bonjour Édouard.

Il s'affole en réalisant qu'il ne peut ni parler, ni crier et à peine bouger. Il finit par tourner sa tête vers moi. Il me regarde attentivement, plisse les yeux pour me voir plus clairement, penche sa tête légèrement sur le côté. Il cherche. Il ne comprend visiblement pas ce qui se passe.

Il prend un air très inquiet.

— Je sais que tu te demandes ce qui se passe, je suis sensée être morte et blablabla... Je vais tout vous expliquer quand vous serez bien réveillés tous les trois. Je n'ai pas envie de répéter, mon chou. Surtout, n'essaie pas de te détacher avec ta main libre, car je te tuerai en une fraction de seconde.

Je me dirige vers les deux autres et les secoue vigoureusement.

Après plusieurs secondes, je réussis à les extirper du monde des rêves.

Ils réagissent de la même façon qu'Édouard. Ils sont d'abord surpris et confus, cherchent à comprendre, constatent leurs membres liés puis s'énervent.

— Bon, maintenant que vous êtes tous conscients, je vais vous expliquer pourquoi vous êtes ligotés. J'ai envie de jouer avec vous, mes amis. Je suis intriguée de voir à quel point vous êtes solidaires et endurants.

Je vais chercher le couteau sur la commode. Je le passe devant leur visage et effleure leur peau de la lame bien affilée. Je peux distinguer la panique à même leurs tempes, qui se déchaînent au même rythme que bat leur coeur.

— Ceci, mes amis, sera l'instrument nécessaire à notre petit jeu. Le seul d'ailleurs. Il sera notre petit jouet. Nous allons tellement nous amuser.

Je suis un peu nerveuse, mais je tente par tous les moyens que cela ne paraisse pas. J'ai peur qu'un incident imprévu se produise et vienne déranger le déroulement de mon plan. Je crains que Léanne, Ève, Philippe ou Patrick se lève durant la nuit, entende un bruit et décide de venir vérifier ce qui se passe. Du calme Azakielle, tu es une démone et tu dois garder le contrôle. Je poursuis et verrai en temps et lieux ce que je ferai si jamais cela survenait.

— Je vais commencer par vous énoncer les règles du jeu. Si vous avez une main libre, ce n'est pas pour rien. C'est avec cette main que nous allons communiquer et jouer. Si vous êtes d'accord pour faire ce que je vous demande, vous lèverez votre main en fermant votre poing et en relevant le pouce vers le haut. Si vous n'acceptez pas, vous dirigerez votre pouce vers le bas. Commençons. À vous regarder, il est flagrant que l'excitation a gagné chaque nervure de votre corps. Il me fera plaisir de partager ce moment avec vous, mes amis.

Je prends le couteau et le remet à Édouard.

— Ah! J'oubliais...si l'un d'entre vous tente de me blesser au moment où il me remettra le couteau, je vous tuerai tous. Je vous promets que vous aurez la vie sauve si vous participez activement à mon jeu.

Je prends une pause de quelque secondes.

— Édouard, je veux que tu coupes un doigt à ton cher voisin Nicolas, mais pas le pouce, nous en avons besoin pour le jeu.

Édouard fronce les sourcils et m'indique rapidement qu'il n'est pas d'accord en faisant mouvoir sa tête très rapidement de gauche à droite.

— Parfait, c'est ton choix, sauf que si tu ne le fais pas, je devrai te couper un doigt. Que choisis-tu? Je te donne la possibilité d'y songer à nouveau. Si tu n'as pas choisis dans trente secondes, je vous sectionne un doigt à tous les deux.

Mes trois amis s'agitent. Ils tentent de se défaire de leurs liens, mais en vain, évidemment. Mes noeuds sont trop efficaces.

Édouard ne fait aucun signe de la main.

— Voyant ton refus de me répondre, je suis dans l'obligation de vous amputer un doigt à tous les deux. Voyons... Quel doigt vais-je couper? Je crois que je vais commencer en douceur en optant pour l'auriculaire.

Je saisis la main d'Édouard et il la retire de mon étreinte. Il semble hésitant puis dirige son pouce vers le bas. Cela signifie qu'il ne veut pas couper le petit membre de son compagnon, mais que seulement lui se le fera tronquer.

— Parfait, mon cher Édouard. Je te libèrerai d'un doigt. Ton ami l'a échappé belle. Je suis certaine qu'il a envie de te remercier en ce moment, n'est-ce pas, Nicolas?

Nicolas le regarde, lui fait un faible un signe de tête signifiant sa gratitude. Il a tout de même l'air à se sentir mal vis-à-vis ce choix. J'ai beau détester les humains, mais je les trouve, en quelque sorte, fascinants. Ils sont si complexes et possèdent tant de potentiel, mais sont trop stupides pour l'utiliser à bon escient.

— Édouard, tu dois maintenant me donner ta main.

Les traits de sa figure s'abandonnent vers le bas comme un chien piteux et sa tête s'agite dans tous les sens. Il referme sa main et la dissimule derrière son dos.

— Édouard, je crois que j'ai oublié de spécifier que je ne suis pas une personne qui est dotée d'une grande patience. En fait, je n'en ai aucune. Ne joue pas avec mes nerfs, car je pourrais me fâcher et nul ne sait ce que ma colère provoquerait chez moi. Personne ne mourra si chacun d'entre vous participe activement à mon jeu, rappelez-vous. C'est la dernière fois que je le répète.

Édouard pose sa main à plat sur le lit et écarte ses doigts. Il tremble terriblement. Je m'installe. Sa main est froide et moite. Le couteau transperce sa peau. Des gouttes de sueurs coulent sur son visage. Je tranche son doigt comme un morceau de viande. Un peu plus de pression exercée sur l'os et le tour est joué. Du sang jaillit. Édouard émet des sons de douleur au travers son ruban.

— J'aurais aimé t'entendre crier, mais je ne voudrais pas être obligée de tuer tes amis qui dorment dans l'autre chambre. Du moins, pas ce soir. Maintenant, au tour de notre Nicolas. Édouard a décidé de perdre un doigt à ta place. J'espère que tu en es conscient et que tu te sens redevable envers lui. Je vais te demander de lui transpercer profondément une cuisse avec le couteau. Si tu ne le fais pas, tu devras t'infliger ce supplice toi-même.

Ses yeux sont ronds comme des trente sous. Avec ce regard terrifié, il m'implore de ne pas le forcer à poignarder son camarade. Son visage perd de sa jolie teinte rosée.

— Si tu n'agis pas d'ici trente secondes, je vais trouer vos deux cuisses. Est-ce clair, mon chou? Le principe sera le même tout le long du jeu. Alors, quel sera ton choix?

Il regarde Édouard et semble fortement hésiter. Des larmes tombent sur ses joues. Ça me fait presque de la peine. Son regard se pose sur sa propre jambe. Il m'indique qu'il ne perforera pas celle d'Édouard, il va s'automutiler. Je lui tends l'instrument de torture. Il le saisit de sa main vascillante. Il pleure toujours et fait presque pitié. Mais pas de place pour les émotions. Les émotions sont la faiblesse de l'homme. Elles sont responsables des pires tragédies.

Il me regarde et tente toujours de me supplier.

— Oublie ça, mon beau. Je n'éprouve pas de pitié pour toi et c'est la règle du jeu. Si tu ne veux pas mourir, tu dois participer.

Il lève lentement le bras en l'air...simule environ cinq fois un élan et finit par s'asséner un réticent coup de couteau. Un long cri sourd se fait entendre au travers son ruban adhésif. Ses yeux sont fortement pincés et laissent s'échapper de grosses gouttes de peur. Je lui retire l'arme de la cuisse et un autre petit cri se fait percevoir. Son visage est rouge de douleur. Il est tout crispé et se tient la jambe avec sa main libre. Le sang se répand sur sa cuisse et les draps.

Pendant que Nicolas souffre énormément, je vais voir Félix.

— Félix, c'est ton tour. Tu es chanceux, car tu ne pourras pas blesser tes amis toi-même. Tu es trop loin. Je le ferai à ta place. Je vais hausser un peu le niveau de jeu. Je vais scalper l'un d'entre vous, ou deux, si tu ne te décides pas.

Félix se met à pleurer et tente de se détacher du lit. Il finit par se calmer.

— Donc, je vais te scalper. Par contre, si tu n'es pas d'accord, je devrai scalper Édouard. Tu as trente secondes.

Félix relâche sa tête, fronce les sourcils et sanglote. Des sons sortent de sa bouche. Il regarde Édouard et se retourne ensuite vers moi. Son pouce est dirigé vers le plafond. Je m'avance vers lui, le couteau souillé de sang en main. Je lui empoigne les cheveux sur le devant de sa tête. J'approche le couteau et au moment où j'allais commencer, il émet quelques sons, pleure à chaudes larmes et expose maintenant un pouce pointé vers le bas. Il semble en état de choc. Tous ses pores transpirent la peur. La vraie peur. Pas celle présente dans un manège ou lorsque nous écoutons un film d'horreur. Ni celle qui nous surprend quand notre ami se cache pour nous faire une peur bleue. Ni celle des araignées, des couleuvres ou autres trucs dégoûtants de ce genre. La vraie peur. Celle qui crispe tes intestins, qui provient directement de la partie la plus cachée du iceberg de l'inconscient. Celle qui nous ramène à la base, qui nous fait oublier notre raison d'être, notre personnalité, notre orgueil. Cette peur qui nous étrangle et fait ressurgir l'enfant en nous. Celle qui nous rappelle que l'on est en vie et que, maintenant, la seule chose qui compte est de le rester. Nous nous promettons que si nous nous en sortons vivants, nous allons redevenir le bon petit garçon ou la bonne petite fille que nous étions. Finit la luxure, les déboires, l'égoïsme, l'avarice, ...Foutaises! Pour le temps que ça durerait.

C'est cette peur qui se trouve dans les yeux de Félix. Celle qui le pousse à faire subir des atrocités à un grand ami plutôt qu'à lui-même. Encore une fois, fascinant!

— Oh! Le jeu commence à être intéressant. Désolé, Édouard, je devrai te scalper. C'est Félix qui en a décidé ainsi.

J'avance vers Édouard. Je suis à ses côtés et il agite ses jambes. Il chiale et crie, du moins il essaie. Je le saisis par les cheveux et lui penche la tête par en arrière. Je lui découpe la peau en partant du front, sous la racine de ses cheveux. La peau se détache et je tire violemment. Le son craquant vient marteler mes tympans. Mon poing est refermé sur une poignée de ses cheveux au bout de laquelle est accroché son cuir chevelu. Édouard est décalotté et ce ne sont plus des cris qui sont perceptibles, mais des hurlements. Le sang coule à flots sur son visage. Ses yeux se ferment et sa tête tombe sur le côté. Je vérifie son pouls et sa respiration. Il s'est seulement évanoui.

Nicolas et Félix ont abaissé leurs paupières afin d'empêcher leur cerveau d'enregistrer un souvenir aussi cauchemardesque.

— Comment te sens-tu, Félix? Tu ne dois pas être très fier de toi. Mais d'un autre côté, je suis certaine qu'en le regardant, tu es content de ne pas être à sa place, n'est-ce pas?

Il baisse la tête et fixe le plancher de la honte, lequel est arrosé de douloureuses larmes salées.

— Bon, Nicolas, de retour à toi. Je vais maintenant élever le niveau encore une fois. Édouard sera exclu de la prochaine manche, vu son inconscience. Sans omettre de mentionner qu'il a souffert davantage que vous deux, donc un répit lui sera accordé temporairement.

Nicolas et Félix se regardent, d'un air abattu.

— Alors mon Nicolas, aurais-tu envie que je te donne un bon coup de couteau dans le flanc? À moins que tu ne préfères que j'en donne un à ton cher ami dévoué Félix. Il est le seul en ce moment qui ne souffre pas. De plus, il a laissé un ami se faire scalper à sa place. N'est-ce pas effrayant? Penses-y, Nicolas.

Nicolas semble très songeur et effrayé.

— Tu sais, je ne crois pas que Félix aurait pris un coup de couteau à ta place, à en juger par la décision égoïste qu'il a prise tout à l'heure.

Il ferme les yeux et détourne sa tête de mon regard. Il lève sa main hésitante, déplie à moitié son pouce vers le haut, puis son menton vient s'abattre sur son thorax… il positionne finalement son pouce vers le bas.

— Hou! Hou! Que c'est excitant! Tu vois ça, mon Félix. C'est à ton tour de souffrir.

Félix s'affole et bouge dans tous les sens. Il se débat et tente de crier. Ce ne sont pas des cris, il essaie de me dire quelque chose, le pauvre! Je crois qu'il me dit : « Non! ». Oui, oui, c'est bien ce qu'il me dit.

— Désolé mon chou, les règles sont les règles.

Je dégage le bras acharné à protéger son corps. Félix essaie de se recroqueviller sur lui-même, mais comme ses pieds et sa seconde main sont liés au lit, il n'y arrive pas. Il ferme ses yeux du plus fort qu'il peut et contracte tout son visage, comme si ça allait lui procurer un quelconque effet anesthésique. Je vise bien son flanc droit et y plante mon couteau avec énergie. Je le retire rapidement et une giclée de sang s'étale sur le lit. Félix pose sa main libre sur sa plaie et appuie fermement. Il gigote dans tous les sens et hurle de douleur autant que son ruban le lui permet. Il projette sa tête dans tous les sens. Il semble souffrir atrocement. Après plusieurs secondes d'agitation, il finit par se calmer, mais continue d'appuyer sur sa blessure. Quelques larmes coulent sur ses joues. Ses cheveux sont imprégnés de sueur. Le sang s'écoule sans arrêt.

— Félix, nous allons poursuivre, mon cher, avant que tu ne sois trop affaibli pour jouer. Alors, Édouard n'ayant toujours pas repris connaissance, c'est avec toi que je vais poursuivre. Vu votre belle participation à mon petit jeu, la prochaine blessure sera un peu plus légère. J'ai l'impression que votre regard tente constamment de me fuir et ça me fatigue. Voici donc ce que je te propose : je vais te découper les paupières. Si tu refuses, je découperai celles de ton ami Nicolas. Tu as trente secondes à partir de maintenant pour te décider.

Félix semble épuisé, mais m'indique un NON clair d'un mouvement de tête.

— Tu veux donc que j'aille voir Nicolas et que je lui ouvre les yeux sur le monde. C'est bien ton choix?

Félix refait signe que non.

— Je devrai donc vous retirer les paupières à tous les deux.

Félix continue de balloter sa tête afin de m'exprimer son désaccord.

— C'est ta dernière chance. Quel est ton choix?

Il dresse son pouce vers le plafond.

— Parfait, ta bravoure s'est finalement résolue à faire acte de présence. Se peut-il que tu aies regretté ton précédent choix?

Le couteau en main, je me penche à la hauteur de son visage. À l'aide de mon autre main, j'étire sa paupière droite. Il plisse très fort ses yeux.

— Félix, si tu ne participes pas, je vais devoir tous vous tuer. Maintenant, démontre-moi ta bonne foi et coopère. Sinon, je vais me fâcher.

Félix défroisse ses yeux, mais son visage demeure très tendu. Je lui étends à nouveau la paupière. Ses pupilles sont orientées vers le bas. Je crois qu'il essaie de ne pas assister aux sévices que je lui ferai subir. J'approche l'ustensile près de son oeil. Je lui découpe tranquillement et de façon minutieuse la paupière. Félix hurle et se met à bouger vigoureusement.

— Tu n'aurais pas dû faire ça, Félix, ta paupière est découpée maladroitement. Je devrai refaire mon travail. Cette fois, ne bouge pas, sinon, je te tue!

Félix cesse de gigoter et me laisse procéder à contrecoeur. Je termine de sectionner sa paupière droite et la lance derrière moi. Je n'en ai rien à foutre de ses paupières.

— Ah! Ça c'est du beau travail. Tu ne dois pas voir clairement avec tout ce sang qui te couvre l'oeil.

Je vais de l'autre côté du lit en le décollant du mur. Je tire sur sa paupière gauche et le sang commence à sortir. Quelques minutes plus tard, Félix me fixe enfin dans les yeux.

— Ce que tu peux être hideux! Mais au moins, il te sera dorénavant ardu de camoufler tes yeux et d'éviter à tout prix mon regard.

De sa main libre, Félix touche délicatement ses orifices meurtris en laissant filer de petits cris glaciaux. Il semble horrifié. J'entends un bruit derrière moi. Je me retourne et vois Édouard amorcer son réveil. Sa faiblesse se devine dans chacun de ses mouvements. Ces derniers sont lents et pénibles. Il porte sa main à son cuir chevelu. Son expression faciale se fige dans l'épouvante. Son regard gèle lorsqu'il aperçoit, sur la petite table de chevet sur le côté de son lit, ses propres cheveux accrochés à un lourd et sanglant morceau de chair. Mais la vigueur lui fait défaut et cela le prive de toute réaction vive. Il a perdu beaucoup de sang.

— Édouard, je sais que tu es amorti, mais je vais tout de même poursuivre avec toi pendant qu'il te reste un peu d'énergie.

Tout d'abord, regarde ce que tu as manqué. Tu vois ton ami fidèle dans son coin. Au moins, il ne peut pas baisser ses paupières malgré sa honte. Ha!Ha!Ha!

Édouard examine mollement Félix, les yeux mi-clos. On voit à son visage la répugnance que son compagnon lui inspire.

— Comme je disais, c'est maintenant ton tour. Étant donné ta soudaine laideur ainsi que celle de ton traître d'ami, je vais te proposer un nouveau défi. En fait, je vous trouve trop nombreux. Ça me fatigue. Dans un petit groupe de trois personnes, il y en a toujours une de trop, non? Édouard, je te donne le choix de décider de la personne qui va mourir. Je sais que je vous avais promis la vie sauve, mais j'ai changé d'idée. Seulement deux d'entre vous survivront. Alors, les règles du jeu sont les mêmes. Tu as donc 30 secondes devant toi pour faire ton choix.

De douces larmes capitulent sur les joues d'Édouard. Il regarde attentivement autour de lui et semble analyser la situation. Il pose son regard sur Nicolas, qui a seulement une cuisse blessée. Il balaye ensuite ses yeux sur Félix, lui qui n'a plus de paupières, son visage est couvert de sang et il remarque une nouvelle blessure dont je ne lui ai pas fait part. J'ai toujours aimé l'effet de surprise. Il voit le sang aux côtés de son copain et remarque son flanc entaillé. Édouard redresse sa tête et s'observe. Il ne voit qu'un seul doigt coupé, mais sait ce qui lui manque sur la tête et est conscient du fait qu'il sera repoussant s'il survit, j'en suis certaine. De plus, il n'est pas sans savoir qu'il est très amoché, car il a perdu beaucoup de sang. Sa survie et celle de Félix ne sont pas assurées, contrairement à Nicolas. Il choisira donc entre lui-même et Félix.

Il me dévisage et lève l'index. Il le retourne et le pointe vers lui-même, dépouillé de tout espoir. Un afflux de pleurs irrite sa peau, mais il n'a plus la force de se battre.

Je m'approche vers lui et lui dit :

— C'est un choix courageux que tu as fait, mon cher Édouard. Tes deux amis te doivent la vie, n'est-ce pas Félix?

Félix se détourne la tête puisqu'il ne peut plus baisser les yeux et dissimuler son regard qui renferme tant de malaise.

Je regarde Édouard et lui déclare que son courage va lui éviter une mort lente et douloureuse. J'agrippe les cheveux qui lui restent et tire sa tête vers l'arrière. Il semble adjurer les cieux de le démunir de toute souffrance. Nicolas et Félix pivote vers le mur. Je place le couteau sous sa gorge. Je lacère sa peau et exerce une forte pression afin de créer l'incision la plus profonde possible. Le sang sort en jet. Je me sens alors comme dans un de ces bons films japonais dans lesquels les scènes de violence sanglantes sont si artistiques que c'en est magnifique à regarder. Le sang gicle sur les murs, sur le corps d'Édouard, sur son lit, sur le côté droit du corps de Nicolas... La vie lui sort du cou telle une chute d'eau tombe du ciel, c'est magique. J'adore ce moment. Il s'éteint. Ses yeux sont demeurés ouverts. Il est là, gisant dans son sang, la tête scalpée, la gorge déchirée, un doigt en moins, attaché à un lit. Après ça, il y a encore des gens qui s'amusent à croire au destin!

Félix et Nicolas pleurent avec rage et douleur.

— Il s'est sacrifié pour vous. Vous venez de perdre un très bon ami, j'espère que vous le savez. Félix, tu me sembles faible, crois-tu que tu vas tenir le coup?

Je regarde le réveille-matin se trouvant sur la table de chevet et je constate qu'il est déjà 2h25 le matin. Je commence à être fatiguée et j'ai très envie d'aller me reposer.

— Bon, les gars, je crois que notre petit jeu tire à sa fin. Je suis épuisée. Nous nous sommes bien amusés, n'est-ce pas?

Je m'avance vers Nicolas et lui tranche la gorge, sèchement. Félix se met alors à gémir.

— Je sais que je vous avais promis la vie sauve, mais je ne suis pas une fille très honnête. Le jeu est terminé. Tes deux amis seront morts en pensant de toi que tu es un lâche... Alors, repose en paix Félix!

Je prends solidement ses cheveux dans ma main et l'égorge sans remord avec l'agilité d'une bouchère. Je me penche vers lui et, lui tenant toujours les cheveux, je lui relève la tête et le fixe dans les yeux pendant qu'il se vide de son sang. Je reste ainsi, sans bouger, me tenant à deux pouces de son visage. Je veux voir la mort s'emparer de l'âme de Félix. Je suis prête maintenant. Son regard patauge désormais ailleurs. Je me demande ce qu'il voit. Ses pupilles se dilatent complètement et le vide vient emplir ses yeux. De toute beauté! Je viens de réaliser que la mort est un moment aussi important que la naissance et la dernière personne qu'il aura vue sera moi. J'ai assisté à l'étincelle de la vie dont la lumière prend fin. Tout se passe dans les yeux. C'est indescriptible! Tous les souvenirs de sa piètre existence s'envolent avec lui. Il n'est plus qu'une âme errante parmi les pécheurs. Il appartient au diable et ne sera que souvenir pour quelques décennies sur Terre. Ces décennies écoulées, il ne restera plus rien de lui. Il est mort les yeux ouverts, évidemment!

Je ramasse le couteau, les ciseaux, la corde restante et met le tout dans mon sac. J'ouvre la porte délicatement, contemple la scène une dernière fois et quitte la pièce en refermant derrière moi.

Chapitre 10
La prison

Je me lève la première. Je descends à la cuisine afin de me faire un bon café. J'ai un de ces mal de tête. Comment se fait-il que je n'aie pas pensé à apporter de l'acétaminophène? Je m'assois au salon avec mon café et repose mes yeux. Je songe à Ophélie. Elle me manque déjà. Je pleure et souris à la fois en me rappelant de bons souvenirs avec elle. J'entends quelqu'un descendre. J'attends un moment, puis me retourne. C'est Philippe qui se dirige à la cuisine et se verse un bon café. Il profite des huit tasses que j'ai préparées plus tôt. Il vient me rejoindre au salon.

— C'est horrible Léanne ce qui s'est passé avant-hier. L'image de son visage pâle et son corps étalé sur la céramique maculée de sang ne cesse de me hanter. J'en fais des cauchemars.

— Moi aussi, Philippe. J'ai l'impression que je vais devenir complètement folle. Je n'arrive pas à me ressaisir. Elle me manque déjà tellement, tu sais!

Et je me mets à pleurer librement. Ça fait vraiment du bien. Il y a longtemps que je ne me suis pas laissé aller comme ça. Philippe vient s'asseoir à côté de moi, m'entoure de ses bras et me serre très fort. Pour la première fois depuis deux jours, je peux dire que je me sens bien. Je ne veux plus quitter son étreinte. Elle fait un baume sur ma blessure. Il m'éloigne un peu de son corps et me regarde dans les yeux. Des papillons s'agitent dans mon ventre. Ce que je peux l'aimer cet homme. Il est toujours si gentil et bon avec moi. Je suis hypnotisée par son regard. Nous restons ainsi pendant de longues secondes. Je me sens seule au monde avec lui. Il se penche vers moi et m'embrasse tendrement.

— Léanne, ça fait si longtemps que je veux te le dire, mais j'avais trop peur de ton refus. Et comme nous sommes amis, cela me serait insupportable. Je suis amoureux de toi.

— Je suis si heureuse de t'entendre me le dire. Je t'aime aussi, et ce, depuis longtemps. Tant de temps perdu.

— Il ne faut pas voir cela comme ça, ma belle Léanne. Nous avons maintenant tout le temps devant nous. J'ignore pourquoi je te dis ça maintenant, à un moment si difficile de notre vie. Je crois que, justement, je me sens très vulnérable et j'ai besoin de toi.

À cet instant, je me sens si près de lui. J'ai envie que l'on ne fasse qu'un. Normalement, dans une telle situation, j'aurais manqué de confiance en moi, mais je me sens différente. Je suis vraiment bien avec lui. Je me lance…

— Philippe, je n'ai jamais fait l'amour. J'ai de la difficulté à faire confiance aux hommes depuis que je suis toute petite et…

— Chut, me dit-il délicatement au creux de l'oreille.

Il caresse ma nuque et m'embrasse tendrement. Il descend doucement sa main et déboutonne ma chemise de nuit. Nous ne nous préoccupons pas de nos amis qui pourraient descendre à tout moment. Nous sommes seuls au monde. Il me dévêt en laissant glisser ses doigts sur mes épaules, puis le long de mon dos. Mes seins sont nus et il vient poser sa bouche sur mes mamelons. Il les prend dans ses mains et les serre légèrement. De doux sons de plaisir sortent de ma bouche.

Je lui enlève son t-shirt blanc et pose mes mains sur son dos. Il vient faire le tour de ma taille avec ses bras et m'embrasse à nouveau. Philippe recule lentement la tête et me fait cadeau du plus aimant des regards. Il me couvre ensuite de baisers suaves en ne négligeant aucun centimètre carré de ma peau. Coinçant ma petite culotte entre ses dents, il longe mes jambes jusqu'à mes orteils et se débarrasse du sous-vêtement. Il installe ses lèvres dans mon entrecuisse. Chaque pore, chaque nerf, chaque infime partie de mon corps s'exaltent de plaisir. La chaleur enveloppe mes sens. Mes plaintes sont maintenant plus fortes. Je ne peux me retenir tellement c'est bon. Il me donne un orgasme.

Philippe se redresse et insère son membre. Au début, j'ai un peu mal, mais rapidement, la douleur fait place à la jouissance. Son pénis va et vient dans mon corps. Mes jambes sont très écartées et mon bassin bouge de bas en haut. C'est si bon. Je sens son souffle chaud sur ma nuque. Nous nous regardons dans les yeux au moment où, pour tous les deux, le plaisir atteint son apogée. Tout en moi vibre de délectation. Nos visages se crispent légèrement, l'orgasme arrive. Je jubile. Nous émettons des sons de jouissance. Je n'ai jamais eu un orgasme aussi exquis de toute ma vie.

Il colle son corps contre le mien et nous nous regardons en souriant bêtement. Je crois que c'est le plus beau moment de ma vie. Ce qui est ironique, vu les circonstances.

Nous revenons à la réalité au moment où des bruits de pas descendant les escaliers se font entendre. Nous enfilons rapidement nos vêtements. Nous avons presque terminés lorsqu'Ève et Patrick font leur apparition au salon.

— Nous vous prenons la main dans le sac!, disent-ils en riant.

J'aimerais fondre sur place.

— Il était temps, ajoute Ève le sourire en coin. Vous êtes si charmants tous les deux. Vous formez la paire idéale. Nous nous demandions tous quand serait le moment où l'un de vous deux allait enfin se décider et foncer.

— Quoi? Mais de quoi parlez-vous?, ajoute Philippe.

— Arrête, mon Phil, c'était évident. Même si tu ne m'en as jamais parlé, ton amour pour elle saute aux yeux depuis un bon petit bout et je ne suis pas le seul à l'avoir remarqué, enchaîne Patrick.

Je deviens rouge comme une tomate et décide de changer le sujet de la discussion.

— Comment vous sentez-vous ce matin?

— Pas si pire, j'ai eu une belle nuit. Il faut dire que j'étais si fatiguée et que je n'avais presque pas dormi la nuit où Ophélie est décédée, me dit Ève.

Je lui réponds que c'est la même chose pour moi.

— Ça ressemble à ça pour moi aussi. Seulement, cette nuit, j'ai fait d'affreux cauchemars impliquant Ophélie. Je la revois sans vie, sur le sol, dit Patrick.

— Nous aussi avons fait des cauchemars, ajoute Philippe.

— J'ai vraiment hâte de partir d'ici, commente Patrick.

Philippe me prend dans ses bras et je m'y abandonne. Après avoir vécu de si fortes et pénibles émotions, ça fait tellement du bien de se faire réconforter par l'homme que l'on aime.

Après quelques minutes de silence, Patrick le rompt :

— Il est déjà 9h15 et les autres ne sont pas debout. Je crois que je vais aller les surprendre avec des bonnes tasses de café. Je vais par contre laisser Nolan tranquille encore un peu. Qui m'accompagne? Je vais avoir de la difficulté à transporter trois tasses de café seul.

— Moi, je vais y aller avec toi, dit Ève. Laissons un peu d'intimité aux tourtereaux.

— Je ne crois pas qu'il restera assez de café, ajoute Patrick.

— Allons en refaire dans ce cas, réplique Ève.

Nous nous embrassons aussitôt qu'ils ont quitté le salon.

— Je suis si bien avec toi, Philippe.

— Moi aussi, Léanne. Je t'aime tant.

Nous nous embrassons à nouveau. C'est magique et si tendre.

Plusieurs minutes s'écoulent avant que la magie soit violemment brisée par d'horribles cris aigus provenant du deuxième étage. Moi et Philippe nous regardons inquiets et nous y précipitons. Ève est agenouillée devant l'entrée de la chambre, la bouche molle et les bras ballants. Son visage traduit le traumatisme. Des bris de porcelaine et du café jonchent le sol. Je m'avance tranquillement en ayant peur de ce que je vais voir. Philippe est à mes côtés.

— Ahhhhhhhh!, hurle Philippe.

Le tableau est cauchemardesque. Nos trois amis sont étendus dans leur lit, habillés d'une teinte bleutée. Chaque coup de pinceau fait l'effet d'un couteau planté en plein cœur. Le martyr est illustré dans chaque coin de la toile. Le rouge en est la couleur maîtresse. L'assassin pourrait être un artiste. Leurs corps prisonniers suintent la souffrance et la terreur.

Je m'écroule et pleure sans laisser passer un seul son. Philippe se prend la tête à deux mains et se meut dans tous les sens. Son pied s'arrête sur une bosse qui dérange le niveau du sol. Il le déplace vers la droite…un petit bout de peau est isolé sur les lattes de bois. Il s'incline vers l'avant afin d'éclaircir sa vision et remarque les cils qui y sont accrochés :

— C'est une paupière…celle de Félix!

Il se détourne de nous et rejette toutes ses effroyables émotions dans sa vomissure.

Les genoux de Patrick flanchent et il éclate en sanglots. Des pleurs qui s'entremêlent avec une rancœur douloureuse.

— Que se passe-t-il ici, merde?, grommelle Patrick.

Ce que j'ai vu est monstrueux. C'est une scène de crime si violente que même dans les pires films d'horreur je n'ai vu d'aussi épouvantables meurtres. Ma foi, qui peut être aussi cinglé et pourquoi s'en être pris à eux?

70

Ève se lève d'un bond et dit : «Nolan!»

Nous descendons les escaliers à une vitesse folle. Patrick ouvre anxieusement la porte de la chambre de Nolan.

— Oh! Bon sens! Quel horreur!

Et je m'écroule à nouveau. Nolan est assis, la poitrine complètement ouverte et son coeur saigne sur ses genoux. Nous sommes frappés de plein fouet, par la plus forte des bourrasques. Patrick, Philippe et Ève s'époumonent de rage et s'agitent un peu partout. Moi, je ne bouge pas. Tout est flou autour de moi, j'ai l'impression que mes pieds ne touchent plus le plancher. Je suis étourdie.

J'ai soudain une nausée si forte que je dégobille. Je m'essuie la bouche, ramène mes jambes vers moi et les entoure de mes bras. Je ne peux me résoudre à croire tout ce qui arrive. En l'espace de deux jours, cinq de mes amis sont morts. Je connaissais un peu moins Nolan, mais il était tout de même devenu un bon copain. Je suis anéantie, rongée de l'intérieur.

J'entends Patrick parler, mais sa voix paraît provenir de l'intérieur d'un coquillage. Mon environnement me semble étrange et je me sens droguée…

— Comment se fait-il que le tueur ne s'en est pas pris à nous?, demande Patrick, angoissé.

— C'est vrai que c'est bizarre, ajoute Philippe. Je ne comprends pas moi non plus.

— Peut-être a-t-il omis de regarder dans notre chambre s'il y avait des occupants, dit Ève, tremblante.

— Ou peut-être serons-nous les prochains?, renchérit Patrick. La peur est si présente dans sa voix que l'émotion en est devenue palpable.

— Et si la mort d'Ophélie n'était pas un accident?

Ils sont si stupéfaits par ma déclaration qu'ils me fixent un instant avant que naisse l'effroi sur leur visage.

— Merde, nous serions vraiment les prochains dans ce cas, dit Philippe.

— Je crois que nous ferions mieux de ficher le camp d'ici, ajoute Patrick.

— Et avant ce soir, car les meurtres se sont tous produits après la tombée de la nuit. Si nous suivons la logique, nous serions les prochains dans quelques heures, puisque le tueur n'a sauté aucune lune, évoque Philippe.

— Devrions-nous prévenir la propriétaire et la police avant de partir?, dit Ève.

— Pour ce qui est de la propriétaire, je suggère qu'on laisse un montant sur la table accompagné d'un petit mot de remerciement pour son hospitalité. En ce qui concerne la police, elle ferait de nous des suspects immédiatement. Pensez-y. Nous sommes les seuls survivants de ce sanglant massacre sans aucune raison apparente, dit Philippe.

— Je crois que nous devrions tout de même prévenir la police, car notre fuite semblerait encore plus suspecte, non?

— Tu as raison, Léanne. Je ne sais pas ce qui m'a pris. Je suis trop secoué en ce moment et je n'ai pas les idées très claires.

— C'est correct, Philippe, ne t'en fais pas pour ça. Je crois que nous sommes tous en état de choc.

Patrick se lève et décide d'aller appeler la police. Nous entendons un gros «MERDE!» au loin. Il revient rapidement en nous annonçant :

— La ligne est coupée! Et nos téléphones cellulaires qui ne fonctionnent pas dans ce merdique petit trou à rat!

— Comment? La ligne est coupée! Bordel..., ajoute Ève.

Nous sommes dans un état de panique. Nous nous dépêchons de nous habiller et de faire nos valises. En 15 minutes, nous sommes tous prêts et sommes dans le portique. Nous sortons 200$ de nos poches et lui griffonnons le petit mot suivant :

«Merci pour votre hospitalité. Quatre autres meurtres se sont produits cette nuit et nous croyons que la mort d'Ophélie n'est pas un accident. Vous êtes peut-être vous aussi en danger. Méfiez-vous. La ligne téléphonique a même été coupée.»

Nous ouvrons la porte et sortons tous du motel maudit. Nous descendons l'escalier et nous dirigeons avec empressement vers la rue afin de trouver un taxi le plus vite possible et déguerpir de cette satanée ville.

Pong! Patrick qui nous devançait de quelques pas vient de tomber par terre suite à un bruit bizarre. On aurait dit qu'il venait de se heurter la tête contre une vitre. Nous l'aidons à se relever en nous assurant qu'il ne soit pas blessé.

— Mais que s'est-il passé?, questionne Patrick. C'est comme si ma tête avait percuté une fenêtre.

Je m'avance pour comprendre ce qui se passe, certaine qu'il n'a que trébuché.

Pong! Je me cogne contre quelque chose que je ne vois pas. Je frotte ma tête et cherche à élucider le mystère. Mes mains et celles des trois autres survivants avancent dans le vide jusqu'à ce qu'elles entrent en contact avec ce truc invisible qui nous empêche de passer outre quelques mètres devant le cottage.

— Mais qu'est-ce que c'est que cette merde?, lâche Philippe.

Nous courons chacun de notre côté en laissant glisser notre main sur cette barrière fantôme et revenons à notre point de départ.

Philippe poursuit :

— Putin, ce truc fait le tour de la maison et est très haut. Je me suis mis sur la pointe des pieds et j'ai sauté, mais n'en touchait pas la fin.

Nous nous regardons inquiets, paniqués et complètement déboussolés.

— Que se passe-t-il? Nous sommes prisonniers de cet endroit, déclare Ève, complètement terrorisée.

Je cours et me dirige derrière le motel. Je suis à plusieurs mètres de la maison de la propriétaire, mais je tente ma chance et m'époumone du plus fort que je peux. Sans succès! Les autres viennent me rejoindre et nous tentons de donner des coups de pieds et des coups de poings afin de briser cette chose. Rien à faire. Nous réalisons dès lors que nous sommes les prochaines victimes d'un fou bien futé.

— Nous allons mourir, dit Ève affolée.

— Comment est-ce possible? Personne au monde ne pourrait construire une telle barricade. Une sorte de mur effacé qui nous empêcherait de fuir. Ça n'a aucun sens, dit Patrick.

— Mais c'est pourtant bien réel, ajoute Philippe.

Je réplique :

— Nous n'avons aucune explication, mais c'est bien ce qui nous arrive. Nous devons nous rendre à l'évidence, nous sommes pris au piège. Je ne sais vraiment pas comment nous allons sortir d'ici.

Je suis abattue.

Chapitre 11
La lettre

Il est 10h10 sur mon réveille-matin. Mon sommeil fut paisible. Je me lève d'un bond, je m'habille et vais rejoindre mes acolytes à la cuisine.

— Alors, Azakielle, tu as commis tes quatre autres meurtres hier soir? Cela s'est-il bien passé?

— À la perfection, Zéphiel. J'y ai même pris un malin plaisir, je dois t'avouer. Par contre, après plus de deux heures de mutilation, j'ai commencé à m'ennuyer un tantinet et j'ai voulu aller me coucher. La fatigue s'est emparée de moi. Aujourd'hui, ce sera différent. J'ai besoin de plus de spiritualité, de profondeur, de puissance. C'est difficile à expliquer, mais je me sens vraiment vide ce matin. Je dois combler ce manque.

— Regarde par la fenêtre. Tes chers amis frappent dans le vide et semblent crier à l'aide.

Je me lève et vient assouvir ma curiosité. Mes lèvres tracent un sourire moqueur. Ils recherchent un moyen de s'échapper avec tant de vivacité que cela en est risible, à mon grand amusement.

Delthémor est assis dans son coin, muet. Il me fixe curieusement. J'ai vraiment l'impression qu'il ne m'aime pas.

De toute façon, je n'ai pas le temps de me casser la tête avec ça. Je dois élaborer un plan pour ce soir. C'est ma dernière lune. Cette fois-ci, je vais faire appel aux services de Delthémor. Il semble s'ennuyer.

J'ai déjà ma petite idée, mais je dois la développer davantage. Je veux que l'exécution de mon plan soit la plus précise possible pour ne faire place à aucune erreur. Le dernier acte devra être plus élaboré et théâtral. Je me sens différente maintenant. J'ai goûté à la vengeance et au meurtre. Je sens que je ne pourrai plus jamais m'arrêter. Je déteste tant ces humains. On raconte qu'après les trois premiers homicides commis, le coupable récidivera encore et encore sans la moindre hésitation. Tuer devient une drogue, un besoin. Le sentiment de culpabilité présent avant et après les premiers meurtres s'envole laissant une douce satisfaction nous enrober.

C'est inexplicable à quel point je peux me sentir bien après avoir commis un homicide. J'ai accompli quelque chose de grand. J'ai obtenu le contrôle sur la vie de quelqu'un. La sensation d'extrême puissance ne peut découler que d'un moment aussi prestigieux que la mise à mort d'un humain. À quelque part, j'ai l'impression de venger mes parents à chaque fois que j'en tue un. Je les assassine de plus en plus froidement en voyant s'imposer de plus en plus d'images de mes parents décédés dans mon imaginaire, ce qui me rend encore plus agressive.

Quand mes parents se sont suicidés, il faisait nuit et je dormais. Le lendemain matin, je les ai retrouvés pendu au bout d'une corde dans le garage. Leur visage était d'une teinte violacée et leur tête semblait décrochée de leur corps. Leurs cheveux balançaient dans le vide. Leur inertie m'a troublée. Mes parents me semblaient plus faux que des mannequins dans les vitrines. Deux chaises étaient renversées sous leurs pieds. À côté d'une des chaises se trouvait une feuille de papier. Je la ramassai, les yeux et le visage complètement submergés de larmes et de douleur. Il s'agissait d'une note que mes parents m'avaient écrite avant leur mort. Je m'écroulai sur le sol froid fait de béton et pris la lettre de mes mains frémissantes.

«À notre chère Gaëlle,

De toute notre existence, tu as été la personne que nous avons aimée le plus. Malgré cela, nous sommes conscients de n'avoir jamais réellement été présents vu le temps fou que nous demandait la gestion de notre entreprise. Moi et ton père t'avons mise de côté pour notre réussite professionnelle. Les problèmes financiers finirent tout de même par ressurgir malgré tous nos efforts. À cette époque, tu étais âgée de 8 ans. Avant cet âge, nous t'avons délaissée pour construire une entreprise et après tes 8 ans, de graves problèmes économiques ont commencé. Tu étais beaucoup trop jeune pour qu'on t'explique. Nous vivions tous les deux la même situation et il nous fut impossible de s'aider mutuellement. Nous sommes donc tombés à la place de nous relever. Les humains sont des merdes, ma fille. Surtout, ne l'oublie jamais. Ils sont tous remplis d'égoïsme et de cruauté. Même ceux qui semblent bons, prends garde, car ce sont souvent eux les pires. Ils cachent des secrets bien gardés, et un jour, tout explose : la violence et la haine ressortent et écrasent tout sur leur passage. Nous avons tiré le diable par la queue toute notre vie sans jamais être récompensés de tous nos efforts. Nous n'avons pas beaucoup de proches, car nos familles ne sont composées que de gens malsains et malveillants. Je ne t'en ai jamais parlé, mais ton grand-père et deux de tes oncles ont abusé de moi étant plus jeune, et ce, pendant 12 ans, jusqu'à ce que je fugue de la maison. Pour ce qui est de la famille à ton père, ses frères et soeurs ont tué leur père! Leur mère est morte cinq ans auparavant. Ils savaient tous qu'un gros héritage les attendait aussitôt que leur père suivrait leur mère au paradis. Ton père n'a jamais eu les preuves pour les amener en cour, mais il est certain que ce sont eux qui l'ont laissé mourir en n'allant plus lui porter sa médication. Il demeurait encore dans la maison de leur enfance et les sept frères et soeurs se relayaient chaque jour pour aller lui donner ses médicaments et faire sa toilette, étant donné sa démence et ses nombreux oublis. Ton grand-père était atteint de la maladie d'Alzheimer. Ton père voulait l'envoyer dans une maison de retraite dans laquelle les préposés pourraient prendre soin de lui, mais le reste de la famille n'étaient pas d'accord. Ils voulaient l'achever, ton père en était convaincu. Un jour, il s'est éteint. Le médecin légiste a indiqué dans son rapport que plusieurs jours s'étaient écoulés sans que l'on lui donne ses médicaments. Il est mort en laissant les ronds de la cuisinière ouverts et avait laissé sa chemise sur celle-ci. Il est monté se coucher probablement tout de suite après et est décédé. Toute la maison est passée au feu. Ce sont les enquêteurs qui ont découverts la cause de l'incendie. On ne sait pas si le manque de médicaments peut augmenter le niveau de démence et le nombre d'oublis d'un individu, mais nous sommes tous deux persuadés que les frères et soeurs ont fait exprès de ne pas administrer la médication à leur père afin d'augmenter les risques d'oublis, de chute, d'errance, ... Ce sont des salauds!

Si nous te racontons tout ça maintenant, ma fille, c'est que tu dois connaître la vérité et tu ne l'aurais jamais su si nous ne te l'avions pas écrit.

Nos problèmes de drogues et d'alcool ne t'ont pas rendu la vie facile. Tu ne nous as pas vus souvent à jeun ces dernières années. Saches que le monde est de la merde et je veux que tu en sois consciente. Je ne veux pas que tu te fasses avoir comme nous par cette race de merde! Même tes parents sont des parents de merde! Il n'y a que toi qui ne soit pas de la merde, et ce, ne l'oublie jamais.

Nous sommes désolés de ce que nous t'avons fait vivre, mais malheureusement, il est impossible de retourner dans le passé et de changer les choses. C'est pourquoi nous avons décidé ensemble de mettre fin à nos vies et à tout ce merdier. Nous sommes pauvres et sans espoir. Nous sommes des parents de merde et des conjoints de merde. Bref, nous sommes de la merde. Malgré tout, nous tenions à ce que tu saches que nous t'aimons ton père et moi.

P.S. Désolée pour mon écriture laide et croche, je suis complètement bourrée et gelée.»

Plusieurs bouts de la feuille ondulaient et l'encre avait un peu coulé. On devinait qu'elle avait beaucoup pleuré en écrivant cette lettre et qu'elle affectionnait particulièrement le mot merde. Ce qui pourrait justifier pourquoi je l'emploie aussi régulièrement.

Depuis ce temps, je hais tout le monde et je ne fais confiance qu'à moi. J'ai d'abord vécu un an avec une famille d'accueil dont le père me battait fréquemment. Il maltraitait aussi sa femme et sa fille biologique. Le seul qu'il laissait tranquille était son propre fils âgé de 16 ans, qui prenait un malin plaisir à me faire du mal. Ce crétin me poussait contre les murs, me donnait de fortes claques derrière la tête, me traitait de salope, agasse, pétasse, conasse... et j'en passe! La dynamique familiale était dysfonctionnelle et je bouillais de colère à l'intérieur de mon corps maigrichon, à l'époque. J'y ai vécu l'enfer! La mère n'intervenait jamais afin de mettre un terme à toute cette violence. C'est tellement ce que j'aurais souhaité qu'elle fasse. Chaque coup, chaque injure au quotidien renforçait ma carapace et accentuait ma répulsion pour tous mes semblables. J'ai voulu les faire payer et les ai donc dénoncés aux services sociaux. Une enquête fut ouverte.

On m'y retira et me confia à un des frères de ma mère, qui avait finalement accepté de m'héberger. J'utilise le mot héberger, parce que c'est seulement ce qu'il a fait. Il n'a aucunement pris soin de moi. À la mort de mes parents, il avait refusé de me recueillir pour je ne sais quelle raison.

J'ai fugué de chez mon oncle quelques mois après mon arrivée. Ce pervers avait tenté sur moi des attouchements sexuels. Je ne l'ai pas manqué. Je lui ai cassé un doigt et enfoncé mon index profondément dans l'œil. J'ignore si j'ai fait de lui un borgne... Je l'espère! C'est immédiatement à la suite de cet incident que je suis partie. J'ai donc quitté l'école avant la fin de mon secondaire 4. J'ai vécu dans les rues de Montréal pendant deux ans pour ensuite rencontrer un mec bizarre, mais gentil avec moi. Il m'a trouvé du travail comme barmaid dans un bar de strip-teaseuse. J'ai dansé quelque fois, mais ça s'est arrêté là. Je me comportais d'une manière trop violente avec les cochons qui se permettaient de me tâter. Nous avons habité ensemble dans un appartement miteux et sale pendant un an et demi. Je me suis sauvée et j'ai dégoté un boulot comme serveuse dans un petit restaurant à Brossard. Quatre années ont défilé avant que je ne remette les pieds à Montréal. J'ai alors cessé de travailler. Je braquais des dépanneurs et des banques avec un groupe de gens pas très nets du quartier Côte-des-Neiges. Ce fut un beau moment de ma vie. J'appartenais enfin à un groupe qui, je crois, m'appréciait un peu. Trois ans plus tard, sans jamais m'être fait prendre par la police, je rejoignis un important réseau de criminels, toujours dans Montréal. J'avais l'impression d'être sous un régime dictatorial, mais je me foutais d'eux. Je voulais seulement mon fric. Faire partie d'un groupe important m'apportait enfin le sentiment de valorisation et de pouvoir dont j'avais tant besoin. Il m'est fréquemment arrivé de devoir brutaliser des employés ou des clients lors de mes vols. Ils cherchaient à me nuire pour sauver leur cul, alors je les punissais en leur infligeant des souffrances. Je leur tirais parfois une balle dans un bras ou une jambe, les frappait violemment à la tête, ce genre de trucs...

Deux ans plus tard, à 27 ans, j'étais le suspect numéro un de la police dans plusieurs affaires de vols de banque. Quelques mois plus tard, on me battit et je mourus. Ces sales cons d'humains. C'est aussi à cause d'eux si je suis morte. Je les emmerde. La haine, la violence et l'égoïsme se trouve dans chaque être humain. Leur âme est pourrie de tous ces ressentiments malsains et cruels. Ils ne méritent que souffrance, ce qu'ils s'infligent d'ailleurs mutuellement. Leur âme doit leur être volée. C'est le seul moyen de les purifier et de les punir de tout le mal qu'ils causent autour d'eux, et parfois, sans même sans rendre compte. Je vais trouver un moyen de m'emparer de leur âme. C'est ainsi que ça doit se passer maintenant et c'est ainsi que je vais désormais procéder. Je suis certaine que je trouverai la façon quand l'intensité du moment s'emparera de moi. Je me sens différente et capable de tout. J'ai d'ailleurs réfléchi à savoir quelle sera la grande scène finale et j'ai trouvé. Ce soir sera un très grand soir, je le promets!

Chapitre 12
France McDermott

— Bordel, on va mourir! C'est sûr que l'assassin nous réserve le même sort qu'aux autres. Il nous tuera après nous avoir martyrisés.

— Arrête, Pat. Tu vas me rendre complètement folle. Je sais que c'est probablement cela qui va se produire, mais je n'ai vraiment pas besoin de l'entendre en plus. Nous devons nous concentrer sur le moyen de s'en sortir au lieu de gaspiller notre temps à tenter de découvrir la façon dont nous allons périr.

— Léanne a raison, dit Philippe. Nous sommes tous conscients du fait que nous ne pouvons franchir ce truc invisible qui fait le tour de la maison. Nous devons donc retourner à l'intérieur de la seule planque qui nous est disponible : le motel. Ses murs sont la seule protection dont nous bénéficions présentement.

Ève est à l'écart et pleure assise sur le gazon jauni. Elle a demandé à ce qu'on la laisse tranquille. Pour une fois que ce n'est pas moi qui est seule dans un coin. Je veux essayer de me battre pour une fois dans ma vie. Je veux vivre. Vivre pour connaître d'autres beaux moments avec Philippe, vivre pour mes amis défunts, vivre pour ma mère, vivre pour moi! Je suis consciente du fait que je vais éprouver de la souffrance toute ma vie, mais deux choix s'offrent à moi : vivre ou me laisser mourir. Mais surtout, le choix que je ne fais pas, c'est celui de mourir assassinée et torturée. Moi, Pat et Philippe rentrons dans le motel. Nous convenons que nous devons regrouper le plus d'armes possibles. Nous devons tenter de survivre. Le détraqué a probablement tué nos amis en les prenant par surprise, soit sous la douche ou alors qu'ils étaient endormis. Nous savons donc que nous profitons d'un avantage, celui d'être éveillés et de pouvoir se défendre. Nous allons boire du café toute la nuit s'il le faut, mais il est hors de question que l'un d'entre nous s'endorme. Nous devons user de notre vigilance.

Le bruit d'une porte qui s'ouvre se fait entendre. Ève vient nous rejoindre. Ses yeux sont bouffis et rouges. Elle reste silencieuse.

— Maintenant qu'Ève est à l'intérieur, il nous faut barrer les portes et fenêtres. Ensuite, nous devons regrouper tout ce qui pourrait être une arme afin que l'on puisse se défendre et que l'assaillant en ait moins à portée de main, ordonne Philippe.

Tout le monde s'empresse d'exécuter les tâches établies par Philippe. Une fois les opérations terminées, nous nous rejoignons au salon. Il manque Patrick.

— Hé! Venez ici, dit Patrick. Nous avons oublié la cave. La propriétaire nous a interdit d'y aller, mais rendu là, on s'en fout! Peut-être y a-t-il des entrées à l'extérieur du motel menant à la cave.

— C'est vrai, on allait oublier le sous-sol. Nous devons y aller, insiste Philippe.

Nous nous dirigeons vers le couloir dans lequel se trouve la porte menant au sous-sol. Patrick se tient devant, poignée à la main.

Il ouvre la porte et cherche l'interrupteur, car on n'y voit absolument rien. Sa main glisse le long du mur et finit par le trouver.

Devant nous descend un escalier composé de vieux bois n'ayant pas l'air très solide. Solide ou pas, nous devons nous y risquer quand même. Au bas de cet escalier, nos pieds se déposent sur un plancher de béton frais et craquelé à plusieurs endroits. À notre gauche se dresse une grande porte.

— Je vais regarder s'il n'y aurait pas un truc à se mettre sous la dent. Il ne reste plus beaucoup de nourriture dans le frigo à l'étage et je suis certaine que se cache une chambre froide derrière cette porte. Gaëlle y entrepose probablement ses réserves d'aliments, dit Ève.

— Parfait Ève! Nous, nous allons vérifier si une entrée est possible par une fenêtre quelconque.

Le sous-sol est plutôt vaste. Vaste, mais vide.

— Ahhhhhh! crie Ève.

Nous accourons tous vers elle et faisons, à notre tour, la funèbre découverte. Il s'agit du corps d'une vieille dame entassé dans un congélateur. On peut voir qu'elle a sauvagement été frappée à la tête.

— Mais qui est-elle? La vague meurtrière a donc débuté avant notre arrivée!, s'étonne Ève en bégayant de frayeur. Mais que fais-tu Philippe?

— Je cherche quelque chose qu'elle aurait sur elle qui pourrait nous donner un indice sur son identité.

Il pose sa main sur la robe glacée de la dame défunte et la glisse dans l'unique poche se trouvant sur le côté droit de la robe. Il en ressort une lettre et une carte d'affaires. Le destinataire de la lettre est identifié comme suit : Mme France McDermott. En ouvrant l'enveloppe, nous constatons qu'il s'agit d'un compte d'électricité. Mais ce qui est étrange, c'est que l'adresse est celle du motel. En regardant la carte, Philippe s'exclame :

— Merde! C'est elle! C'est Gaëlle qui a commis tous ces meurtres.

— Quoi? Mais qu'est-ce que tu nous chantes?

— Léanne, regarde la carte d'affaires. C'est celle du motel.

On peut y lire :

Motel Bonséjour

Mme France McDermott, propriétaire.

— Gaëlle a tué la propriétaire, s'est ensuite fait passée pour elle et poursuit ses crimes sadiques sur nous. Ce qui est étrange, c'est que tout ça donne l'impression que nous avons été choisis, précise Philippe.

— Arrête, tu me donnes la chair de poule, murmure Ève.

— Espèce de folle! Je ne peux pas croire que nous l'avions sous les yeux depuis tout ce temps. Nous sommes quatre et elle est seule. Enfin, je crois. Cette fois, elle ne pourra nous prendre par surprise. Nous allons nous en sortir, j'en suis certaine. Il est hors de question que je meure dans ce putin de motel.

— Tout à fait, Léanne. J'adore quand tu te mets en colère comme ça. Nous allons l'affronter, cette sale pute! Nous allons venger nos amis et cette pauvre dame, ajoute Patrick. Viens Gaëlle, nous t'attendons...

Chapitre 13
Le doute

— Zéphiel, je ne sais pas trop pourquoi, mais Azakielle ne m'inspire rien de bon.

— Pourquoi dis-tu une telle chose, Delthémor? De plus, parle moins fort, elle pourrait t'entendre même si elle est dans sa chambre porte close.

— Je ne l'aime pas. Je trouve qu'elle prend goût beaucoup trop vite à ce qui est sensé être une mission de découverte pour elle. Elle est rendue beaucoup trop loin dans son évolution. Elle a sauté des étapes. Je n'ai jamais vu ça auparavant. Habituellement, la majorité des nouveaux arrivants échouent leur première mission. Pour ce qui est de ceux qui réussissent, cela fut de peine et de misère. Elle a compris quelque chose que même nous n'avons pas compris. Elle est dangereuse et depuis la première fois que je l'ai vue, je sais qu'elle nous causera des problèmes.

— Mais de quoi tu parles? Voyons, Delthémor. C'est une reine. Ne vois-tu pas que, comme tu le dis, elle évolue beaucoup plus rapidement que les autres. Je la trouve formidable. À quels genres de problèmes fais-tu allusion?

— Je ne sais pas, je te dis! Mais tu verras qui a raison, Zéphiel. Ce qui m'enrage, c'est que je dois l'aider et je vais t'avouer que je n'en ai vraiment pas envie. J'ai le goût de lui nuire afin qu'elle échoue.

— Ne fais pas ça, Mazthéroth pourrait te renvoyer aux bas-fonds avec les autres perdants et tu seras perdu à jamais dans l'oubli. C'est ce que tu veux?

— Non, et c'est la seule raison qui me pousse à ne pas le faire.

— Silence! Elle arrive.

— Delthémor, je vais avoir besoin de toi. J'ai constaté la présence d'une petite écurie derrière la maison. J'ai été voir l'intérieur et elle est parfaite pour mon plan. Il est présentement

16h00 et je dois aller me préparer. Voici ce que tu dois faire. Tu as déjà vu un policier? Je me trompe?

— Euh! Non, tu ne te trompes pas. Il est évident que j'en ai déjà vu un!

— Parfait, tu devras prendre l'apparence de l'un d'eux et te présenter au motel. Tu devras leur dire que tu es un ami de longue date de la propriétaire. S'ils sont le moindrement brillants, ils ont déjà compris que c'est moi qui ait assassiné leurs amis. Donc, ensuite tu...

Chapitre 14
John Mackenzie

Ding! Dong!

Nous sursautons.

— Mais qui cela peut-il bien être? Soyons sur nos gardes, car si c'est Gaëlle...

— Oui, que fait-on si c'est Gaëlle, Philippe?, demande Ève, terrorisée. Malgré qu'il serait plutôt étonnant qu'elle sonne à la porte…Ne prenons pas de risques.

— Je vais me cacher sur le côté de la porte et quelqu'un devra l'ouvrir. Je l'assommerai par la suite avec une poêle que je vais aller chercher à la cuisine de ce pas, dit Philippe.

Ding! Dong!

— Merde! Il faut faire vite!

— Je sais Léanne... Je l'ai! s'exclame Philippe.

— Je vais aller ouvrir, dit Patrick.

Les hommes se dirigent vers la porte de l'accueil. Philippe se positionne à droite de la porte. Philippe fait un signe de tête à Patrick pour lui indiquer qu'il est prêt.

Patrick écarte le rideau qui orne la petite fenêtre au haut de la porte. Il regarde le visiteur.

— Ce n'est pas Gaëlle, chuchote Patrick. Le visiteur semble être un policier. Il porte la casquette de l'uniforme et je vois le début de la chemise.

Du bout du couloir, j'aperçois Philippe qui semble se questionner. Je ne comprends pas ce qui se passe.

— Qui est-ce?, interroge Philippe d'une voix forte et autoritaire.

— Je suis le sergent John Mackenzie. Je viens voir ma grande amie, la propriétaire de ce motel. Est-elle ici?

— Il s'agit vraiment de la police! Nous sommes sauvés!

Patrick ouvre la porte nerveusement, mais il est très enthousiaste. Nous sommes tous tellement soulagés. Moi et Ève accourons rejoindre les autres à l'entrée du motel.

Le policier a une carrure très imposante et il atteint certainement six pieds. Son visage est doux par contre, ses traits laissant transparaître une grande sagesse. Il est bel homme. Il doit avoir environ 55 ans, soit à peu près le même âge que la propriétaire. Il me fait penser au séduisant Richard Gere, mais en beaucoup plus costaud et en moins charmant.

— Vous ne pouvez pas savoir à quel point nous sommes heureux de vous voir. Il faut absolument que vous nous ameniez loin d'ici. D'ailleurs, comment avez-vous fait pour outrepasser le mur invisible autour de la maison, questionne Ève.

— Mais qu'est-ce que c'est que ces conneries de mur invisible? De quoi parlez-vous et où se trouve ma chère amie?

— Je suis désolée de vous apprendre que votre amie est décédée. Une tueuse folle a abattu votre amie et s'est fait passer pour la propriétaire de ce motel. Nous sommes débarqués ici par la suite et elle a tué cinq de nos copains. Nous ne sommes plus que quatre et cette chose autour de la maison nous retient ici. La ligne téléphonique a été coupée et nos cellulaires ne fonctionnent pas dans cette foutue ville, renseigne anxieusement Philippe. En ce moment, elle pourrait être dans la maison se situant derrière le motel. C'est là qu'elle séjournait ces deux derniers jours.

— Mon Dieu! Où est son corps?, demande le policier. Je vais m'occuper du reste après avoir vu mon amie.

— Il est au sous-sol, dit Philippe.

— Ok, je vais aller vérifier et je vous reviens.

— Voulez-vous que l'on vous accompagne?, demande Patrick.

— Non, merci! Ça va aller.

Nous attendons patiemment son retour en prenant soin de verrouiller la porte de l'accueil.

Il remonte à l'étage et nous dit :

— Je devrai interroger chacun d'entre vous. Je prendrai votre première déposition. Nous allons commencer ici le temps que mes collègues arrivent en renfort, car je devrai rester sur les lieux, vu mon statut de sergent. Je vais aller tout de suite à la voiture pour demander du renfort. J'enverrai également une voiture à la maison se situant derrière le motel. Pendant ce temps, vous ne touchez à rien. On doit tenter de conserver les scènes de crime telles quelles.

M. Mackenzie s'éloigne de la maison. Nous arrivons à peine à distinguer sa silhouette puisqu'il fait déjà nuit. L'horloge affiche 21h20. Nous nous regardons l'air soulagé, mais la crainte se fait encore sentir.

Il revient à l'intérieur et nous annonce que ses collègues seront sur place d'ici une demi-heure.

— Cela me donnera amplement le temps de prendre vos dépositions, déclare le policier.

— Vous êtes certain, il me semble que c'est court pour obtenir la version de quatre témoins, dit Philippe, l'air sceptique.

— Vous n'êtes pas dans un film ici, monsieur. Les premières dépositions sont souvent prises sur les lieux du crime et sont très courtes. Elles nous permettent d'avoir un bref survol de la situation et de vérifier s'il y aura des contradictions avec la déposition qui sera faite au poste de police. Celle-ci sera beaucoup plus détaillée et l'interrogatoire durera beaucoup plus longtemps.

— D'accord, répond Philippe d'un ton plutôt désenchanté. Si vous le dites. J'ai juste hâte de quitter ce motel de malheur!

— Environ une demi-heure et je vous promets que vous serez sortis d'ici, dit le policier.

Un léger et étrange sourire se dessine sur ses lèvres. Le genre de sourire à donner des frissons dans le dos. Je le regarde les sourcils légèrement froncés et je détends mes traits par la suite. Je me pose des questions pour rien, il s'agit d'un policier et il vient d'appeler du renfort. Je n'ai pas à m'inquiéter. Ce cauchemar sera terminé sous peu. Mais curieusement, je ne repère aucune voiture de police à l'extérieur…

— Je me demandais, M. Mackenzie, où est votre voiture? Vous dites avoir été à votre voiture, mais je ne la vois pas.

— Elle est stationnée un peu plus loin, sur le côté du motel et il s'agit d'une voiture fantôme. C'est pourquoi vous ne la voyez pas. Ha! Ha! De plus, il fait noir, très chère.

— Mmmm.

— Vous pouvez aller vérifiez si vous le voulez, mais vous devrez sortir, car vous ne la verrez pas d'ici. Vous doutez de moi?

— Non, ça va. De plus, vous êtes notre seule chance de sortir d'ici.

— Bon, maintenant je vais vous interroger à tour de rôle dans une pièce fermée.

— Il ne reste que deux chambres au 2e étage et la salle de bain dans le couloir qui ne sont pas des scènes de crime et que l'on peut fermer, précise Patrick.

— D'accord, je vais d'abord aller avec vous, monsieur. Allons dans une des chambres au second étage. Je vous suis.

Nous regardons Patrick et le policier se diriger vers l'escalier. Pendant ce temps, nous retournons verrouiller la porte d'entrée. J'exprime mes pensées :

— Je suis certaine qu'elle aurait tenté de nous tuer ce soir. Elle a attaqué Ophélie avant-hier et les autres, hier!

— Je ne crois pas qu'elle oserait entrer avec une voiture de police à l'avant de la maison, dit Ève.

— Tu oublies qu'elle se trouve probablement dans la maison de derrière, qu'elle ne voit peut-être pas la voiture de police. De plus, c'est une voiture fantôme.

Ses sourcils plissent légèrement et ses yeux deviennent inquiets :

— Merde! Elle a les clés du motel. Nous n'avions pas pensé à ça! On doit constamment vérifier les deux portes d'entrée jusqu'à ce que nous soyons sortis d'ici, ajoute Philippe, inquiet.

— Tu as raison. Je vais monter la garde à l'accueil et allez ensemble surveiller l'entrée à l'arrière. Ève est beaucoup plus nerveuse que moi.

— Tu es sûre que ça va aller, Léanne?

— Non, Philippe, mais nous n'avons pas le choix.

Je fais le guet devant la porte de l'accueil alors que je vois le policier redescendre seul. Je fais preuve d'un courage qui m'était jusqu'alors étranger. Je n'ai pas confiance envers les hommes, et ce n'est pas parce que cet homme est policier que je suis moins sceptique face à sa bonne foi. Je trouve trop curieux qu'il revienne seul.

— Où est Patrick?

— Il est demeuré dans la chambre, car je n'ai pas terminé avec lui. Je viens chercher Philippe. Où est-il?

— Il surveille la porte de derrière avec Ève. Mais je croyais que vous deviez nous voir séparément.

— C'est vrai, mais il y a un détail que je dois préciser et Philippe doit également être présent.

Il me tourne le dos et traverse le couloir à grandes enjambées. Il revient avec Philippe et ils passent devant moi avant de disparaître à la fin de l'escalier.

Ces façons de procéder de la part du policier me laissent perplexe. Ils nous interrogent ici. J'ai un mauvais pressentiment. Quand les garçons descendront, je leur en parlerai.

— Tout va bien de ton côté, Ève?

— Oui, et toi?, me crie-t-elle.

— Oui.

Quelques minutes plus tard, le policier redescend à nouveau seul. Je suis tout à coup très inquiète et mon coeur bat à tout rompre. Je ne lui fais plus confiance du tout.

— Où sont-ils?

— Ils discutent là-haut. Ils descendront sous peu, j'imagine. De toute façon, ils devront sortir quand j'entrerai dans la pièce avec toi. Alors, tu viens?

Je le regarde et aperçois trois minuscules taches rouges sur la peau de son cou. Misère! Je le pousse de toutes mes forces et il trébuche dans le pli du parquet de l'entrée. Je cours le plus vite que je peux vers la cuisine en criant à Ève de débarrer la porte et de se sauver. Je sors de la maison et rejoins aussitôt Ève. Nous courons côte à côte.

— Que se passe-t-il? demande Ève, affolée.

— Le policier est le complice de Gaëlle.

Ève tombe par terre. Je m'arrête et l'aide à se relever avec promptitude. Je regarde derrière nous et aperçois le policier, qui n'est sûrement pas un policier, foncé sur nous à toute vitesse. Il court vraiment vite, cela en est inhumain.

— Vite, il va nous rattraper. Relève-toi!

Il nous rejoint très rapidement, le poing dressé dans les airs et il frappe violemment Ève. Elle tombe inconsciente. J'entre alors dans un état de frénésie inexplicable. Je peux à peine voir mon assaillant tellement mes yeux sont emplis de fureur. La violence m'a rendue violente. J'hurle toute ma souffrance au monde entier. Mon cri est strident et inattendu. Pour la première fois de ma vie, je me libère et vis ma douleur au lieu de la dissimuler au fond de moi. Je ne pense plus à l'homme. Je suis en transe. Chacun de mes muscles se contracte à son maximum et je continue à crier de toute mon âme. Je reviens à moi et fixe l'homme dans ses yeux bourrés de merde. Je crois qu'il ne m'a pas encore cogné dû à sa stupéfaction face à ma réaction. Il semble estomaqué. Je revois toutes les horreurs commises sur mes proches et à cet instant précis, je pourrais le tuer sans scrupule ni remord. Avec pour seules armes, la haine et la rage. Je bondis sur l'imposteur en lui vociférant toute ma furie. Il m'agrippe par les cheveux et me lève de terre. Je me débats avec fougue.

Ça y est, il va m'avoir. Son poing s'élève vers le ciel, sa gueule marque une expression impitoyable. Ce poing s'élance vers mon visage…

Chapitre 15
La naissance

— Tiens, je t'amène d'abord les deux filles. Je vais retourner chercher les deux autres dans le motel.

— J'espère pour toi qu'ils ne se seront pas échappés.

— Pardon! Mais pour qui tu te prends de me parler ainsi?, me répond durement Delthémor.

— Je me prends pour celle qui est pressée, car il est présentement 9h45. Je dois avoir fini avant le lever du soleil.

— Tu as le temps, il me semble.

— Je veux prendre mon temps, justement. De toute façon, tu n'as qu'à faire ce que je t'ai demandé, s'il te plaît?

Il me fusille du regard et sort de l'écurie en claquant la porte.

J'avais remarqué cette écurie à mon arrivée ici et l'avait inspectée l'après-midi de cette même journée. Elle est abandonnée. La propriétaire du motel devait jadis posséder des chevaux. Il n'y a quasi rien à l'intérieur, mis à part quelques vieux outils, des bottes de foin et des accessoires nécessaires au toilettage des chevaux. Il y a plusieurs poteaux de bois qui partent du sol et montent jusqu'au plafond. Son périmètre doit être environ 20 mètres de longueur par 10 mètres de largeur.

Ce qui a attiré mon attention dans cette vieille écurie, ce sont les grosses cordes robustes traînant dans un coin ainsi que les poutres de bois fixant la structure de la toiture à deux versants. En effet, sa forme trapézoïdale me permettra d'utiliser à ma guise une des poutres situées à sa base. Cela m'a donné une idée pour ma grande finale de ce soir. Cette dernière a eu le temps de germer dans ma tête depuis ces trois derniers jours. Je suis prête!

J'ai transféré les quatre chaises se trouvant dans la cuisine de la maison, ici. J'ai apporté des sacs, du ruban adhésif, de gros ciseaux, un beau gros couteau (mon indispensable). J'adore les couteaux, j'ai toujours adoré les couteaux. Je me coupais volontairement dans mon jeune âge afin de regarder le sang jaillir et sentir la douleur s'emparer de mon corps et de ma tête en entier. Plus aucune place pour la douleur psychologique, je la faisais sortir. J'oubliais enfin, l'espace d'un instant, mon triste sort : la mort de mes parents, la société de merde, ma famille d'accueil ainsi que mon oncle. Je les emmerde de toute façon. Peut-être qu'un jour, je les tuerai aussi. Cessons de rêvasser et au travail.

Je soulève le corps de Léanne et l'assois sur la chaise. Je vérifie si elle respire encore, considérant la probabilité que Delthémor l'ait assommée un peu trop fort. Je lui avais dit de faire bien attention. Ça va, elle respire. Je lui noue les mains derrière le dossier et les pieds aux pattes. Je lui colle un large morceau de ruban électrique sur la bouche et lui mets un sac sur la tête.

La porte s'ouvre. Delthémor apporte les deux corps masculins. J'installe Philippe sur la chaise à côté de Léanne et je le ligote de la même façon sans oublier le ruban et le sac. Après vérification, ils sont tous vivants et cela me rassure.

Je ne vois pas très bien, car les seuls objets que j'avais à ma disposition pour nous éclairer sont sept chandelles que j'ai disposées en cercle autour de ma scène sur de vieilles caisses de bois.

Les deux autres chaises sont orientées face à Léanne et Philippe. Environ cinq mètres séparent les duos. Je demande à Delthémor de me faire la courte échelle et enroule deux gros morceaux de corde autour de la poutre du plafond. Je fais deux solides noeuds. Je sais comment en faire depuis mon adolescence. Je me plaisais à faire des noeuds coulants et toutes sortes d'autres noeuds dans ma chambre. Je pouvais me pratiquer pendant des heures. C'est un de mes pères d'accueil qui m'a appris. J'en ai même fait une fixation, vraisemblablement due à la pendaison de mes parents.

Je fais ensuite un noeud coulant à l'autre extrémité des deux cordes. Je demande à Delthémor de m'aider à positionner les deux autres corps debout sur les chaises et leur entoure le cou du collier létal. Je leur mets du ruban sur la bouche et complète avec un sac sur leur tête de naz. Ils paraissent si idiots et vulnérables placés ainsi devant moi, inconscients.

Je retiens le corps d'Ève qui a les pieds sur la chaise, le corps en position verticale et la tête comme un saucisson. Delthémor s'occupe de maintenir Patrick qui est positionné de la même manière. Je regarde mon complice et lui fait signe de tête. Alors, nous leur flanquons une bonne claque sur la gueule. Ils se réveillent, remuent la caboche et quelques secondes plus tard, de petits gémissements étouffées filtrent le masque gris. Nous nous retournons vers nos autres amis et leur donnons également une gifle féroce qui les sort de leur état végétatif sur le champ. Ils se plaignent eux aussi. Quelle bande de faibles ces humains! Aucun orgueil, aucune force, aucun questionnement. Seulement leur instinct stupide qui prend le dessus et tente de crier bêtement, ce qui ne sert évidemment à rien du tout! Je demande à Delthémor d'aller chercher Zéphiel, car le spectacle va commencer!

Il revient quelques minutes plus tard accompagné de l'ange déchu. Ils se tiennent debout devant moi et attendent mes directives. Je leur dit de prendre leur forme démoniaque.

— Tu sais bien qu'en temps normal, nous ne devons pas utiliser cette forme sur Terre, déclare Zéphiel.

— Est-ce une règle officielle?

— Non, Azakielle, mais...

— Parfait, c'est réglé! Transformez-vous, s'il vous plaît.

Ils ferment tous deux leurs yeux et leur corps se met à gigoter. Leur peau fend sous l'enflure brutale de chacun de leurs membres. Leur teint s'assombrit. En quelques secondes, ils ont repris leur apparence souterraine. Zéphiel est vraiment magnifique, j'en avais presque oublié à quel point.

Je retire le sac dissimulant la tête de mes quatre prises en émettant un puissant :

— Place au spectacle!

Je me sens au-dessus de tout ce soir, comme si je touchais à la liberté pour la première fois.

Mes quatre humains me regardent l'air à la fois frustré et effrayé. Ils se trémoussent ardemment essayant tant bien que mal de se débarrasser de leurs chaînes. Mais en vain, évidemment. Ève et Patrick se calment assez rapidement quand ils constatent qu'ils ont une corde au cou et que si la chaise tombe, ils meurent étranglés. Ils pleurent et continuent de maugréer des sons bizarres de petits bâtards. J'adore mes victimes. Ils sont la preuve latente de la faiblesse et de la stupidité humaine. Ce sont d'ailleurs ces deux caractéristiques qui rendent les êtres humains exécrables, recherchant sans cesse le pouvoir, donc l'affaiblissement des autres.

Soudain, leurs yeux se fixent sur mes deux collègues. La peur est un terme bien trop léger pour décrire ce qui s'en dégage. Ils sont horrifiés et hurlent lourdement au travers leur ruban. La pièce transpire la frayeur. Par contre, Léanne est la seule qui garde les yeux rivés sur les monstres qu'elle perçoit. Assez étonnant...

— Vous devez vous questionner sur la raison qui me pousse à vous faire subir tout cela, n'est-ce pas? Eh bien, c'est simple, vous êtes des humains. Je vous hais tous et vous ne méritez aucun autre sort que de pourrir en enfer. C'est d'ailleurs ma mission que de ramener votre âme aux bas fonds. Je suis ici en tant que représentante du diable. Voyez par vous-mêmes.

Je me recule, et ignorant la façon de procéder, je m'inspire de la transformation de Zéphiel et Delthémor. Je glisse mes paupières tranquillement jusqu'à ce que j'aie recouvert mes yeux et songe fortement à mon apparence de démone. Je me concentre, mais ma fébrilité me nuit. De plus, je suis dérangée par les sons émis par mes anciens pairs. Je beugle :

— Vos gueules!

Je referme délicatement les yeux, inspire profondément et me concentre à nouveau. Cette fois, je ne songe pas seulement à mon apparence de l'enfer, j'imagine le mal lui-même. Je le ressens, il m'effleure la peau, je l'entends, il ne me manque plus qu'à le goûter. Je me sens envahi par le mal et je suis en transe. Je sens un changement en moi. Mon corps danse au rythme du son que fait le mal. Ce son que j'entends me réfère à d'écrasants battements de tambours mêlés au crissement strident d'ongles glissant et se cassant sur un tableau. Mes pieds ne touchent plus le sol. Ma tête se balance involontairement de l'avant vers l'arrière. Mon corps change. Mes pieds se redéposent au sol et j'ouvre les yeux. Je regarde mes bras, ma peau, mon corps. Étrangement, la couleur de mon épiderme est différente de celle que j'avais sous terre. Je suis très pâle. Encore un peu grisâtre, mais tirant sur un blanc étincelant, cela en est quasi angélique. Les légers rayons de lumière que m'accordent les chandelles laissent entrevoir cette apparence terrifiante pour les humains, certes, mais gratifiante pour moi. Mes deux camarades de l'enfer me regardent stupéfaits de ce changement si magnifique. La clarté de ma peau laisse percevoir légèrement mes veines. Mes cheveux noirs sont volumineux et leurs pointes s'arrêtent à la hauteur de mes reins.

Sans comprendre vraiment ce qui m'arrive, je poursuis en m'adressant à Léanne et Philippe sous les regards ronds et apeurés des personnages de ma mise en scène.

— Je vais maintenant tuer vos amis sous vos yeux. Si vous voulez survivre, vous allez devoir contempler la mise à mort sans vous retourner une seule fois, ni abaisser vos rideaux optiques. Si vous réussissez, je promets de vous laisser la vie sauve. Si vous échouez, vous périrez. Peut-être vous vous dites que je ne respecterai pas ma parole, mais que vous me croyez ou pas, c'est votre seule chance de vous en sortir.

Philippe baisse la tête. Léanne garde la sienne bien droite, à ma grande stupéfaction. Son regard est noir de colère. Devant eux, se dressent leurs deux copains qui chignent et qui hurleraient à tue-tête s'ils le pouvaient. Je me campe derrière les deux chaises se situant sous les deux futurs pendus. Delthémor et Zéphiel reculent de quelques pas afin de ne pas cacher la vue à mon public.

Je regarde mes deux spectateurs assis dans la première rangée, des places de premier choix. Sur un ton railleur, je leur dis :

— N'oubliez pas de toujours regarder.

La frayeur se lit dans les traits d'Ève et Patrick. Ils suent de peur et pleurent d'impuissance. Leur tête toute entière tremble. Je donne un violent coup de pied sur les pattes de la chaise d'Ève puis sans attendre, un autre sur les pattes de celle de Patrick.

Puis je me dirige rapidement aux côtés de Léanne et Philippe afin de ne rien manquer. Leur corps s'agite dans tous les sens et semble dur comme de la brique. Leur visage rougit légèrement alors qu'ils suffoquent. Je m'approche afin de voir leur visage de plus près lorsque la vie les quittera. Leurs corps bougent de moins en moins laissant de plus en plus de place à la mort. Ils finissent par complètement arrêter de bouger et leurs pupilles noircissent. Ils sont morts. J'admire la scène et je me dis que j'ai enfin vengé mes parents, en quelque sorte. Tout est parfait.

Je n'ai même pas vérifié si le regard de mes détenus a dérivé des images du premier acte. Je vais faire semblant que non, car dans tous les cas, ça ne change rien. Ils mourront.

Je me retourne vers Léanne et Philippe qui sont, de toute évidence, meurtris. Mais Léanne est vraiment déroutante ce soir. Paradoxalement, elle semble également conserver son sang-froid. Un contrôle saisissant émane de la jeune femme. Les raisons de cette maîtrise d'elle-même m'échappent et me perturbent.

— Léanne, tu me sembles, ma foi, inébranlable ce soir. Je ne t'effraie donc pas? La mort de tes amis en direct ne te dérange-t-elle pas?

— …

Le silence que Léanne provoque est froid et déstabilisant. Elle regarde droit devant elle, sans que ne se dessine le moindre signe que ma présence lui fait peur. Je secoue la tête et me raisonne. Je dois me ressaisir et poursuivre ce que j'ai commencé. Ce n'est quand même pas une humaine attachée et immobile qui va m'empêcher d'atteindre mon but. Maintenant, j'ai prévu d'improviser sur la façon dont je vais les tuer. Je me retourne vers Philippe. Il me dévisage avec haine. Je le frappe alors violemment à la figure. Il osait une certaine domination afin de me démontrer qu'il n'avait pas peur et qu'il allait me le faire payer. Je lui ai effacé ce rêve assez vite. En ce qui concerne Léanne, c'est différent. Je ne peux me résoudre à la frapper gratuitement de la sorte. Je ne perçois pas son attitude comme de la provocation. J'irais même jusqu'à avouer une certaine admiration face à son stoïcisme.

Au moment où j'ai sévi Philippe, une goutte chaude et humide s'est déposée sur ma lèvre inférieure. Je sors ma langue et lèche l'intrus délicatement. Je goûte. C'est du sang. Des frissons confortables s'installent dans chaque centimètre cube de mon corps. Je ressens un bien-être indescriptible. C'est plus fort que tout ce que j'ai vécu jusqu'à maintenant. Je deviens légèrement en transe, comme tout à l'heure au moment de ma transformation. Je fais immédiatement le lien. Je viens de goûter au mal... Je n'ai jamais dégusté quelque chose d'aussi exquis. Je me sens vivante à nouveau. J'ai l'impression de posséder le mal, d'en comprendre la composition et d'en connaître l'essence. Je me sens quasi complète. Il m'en faut plus. Je regarde Philippe. Sa tête est inclinée complètement sur le côté gauche laissant son cou amplement à découvert. J'éprouve tout à coup une drôle de sensation dans la bouche. Je passe ma langue sur mes gencives et je sens une petite bosse dans le haut de mes incisives. Je pose mon index sur une de celles-ci et constate qu'elle est allongée et affûtée. Je touche à l'autre incisive et il en est de même pour cette dernière. Aurais-je des dents de vampire? Mais... Je ne suis pas un vampire. Ça n'existe pas les vampires! Tout cela me paraît irréel.

Je reluque sa gorge et me penche au-dessus de lui. Désormais, son odeur est prononcée. Je respire son sang. J'ouvre ma bouche, lui plante mes incisives dans le cou et me mets à boire instinctivement le sang de Philippe. Je suis présentement dans un état d'extase total. Je suis plus qu'en transe, je suis enveloppée du mal qui me caresse les sens. Je bois et je bois, sans pouvoir m'arrêter. Je sens mes yeux rouler et sans trop comprendre, je peux voir mon image dans ma tête, comme si j'avais un miroir dans le cerveau qui reflétait mon apparence extérieure. Je vois mes yeux qui roulent et qui roulent sans cesse pendant que je bois Philippe. Ils s'arrêtent soudainement de tourner et se fixent. Ma pupille et mon iris sont d'un noir profond. Le reste de mon oeil est demeuré blanc, mais les petites veines sont éclatées. Ma peau demeure aussi étincelante et mes cheveux toujours aussi magnifiques. Je bois toujours. C'est comme un orgasme. Mon visage a troqué son apparence lourde et ridée pour un minois jeune et beau, mais arborant une sévérité aux allures dérangées et un regard terrifiant. J'ai le mal dans la peau. Mes lèvres sont tachées de sang. Ma masse musculaire est redevenue délicate, mais je suis certaine d'avoir gardé la même force physique, j'en ressens la vigueur. Je bois toujours. Philippe devient de plus en plus blanc. Une blancheur repoussante. Je le vide complètement de sa force de vie. Plus aucune trace de sang habite ses veines. Mais sans savoir pourquoi, je dois poursuivre ma succion. Un besoin additionnel se fait ressentir à travers mon être. Il me manque l'essentiel. Je savoure Philippe jusqu'à ce qu'il devienne gris, puis noir. Je viens d'aspirer son âme, je la sens en moi. C'est comme une naissance. Je me redresse, la bouche rouge, les incisives quelque peu rétrécies. Sur mon menton, coule son sang. J'ai avalé son âme. Je me sens incroyablement complète. Sur ma tête, deux grandes cornes noires avec des reflets rougeâtres poussent. Elles sont légèrement ondu-lées et ses extrémités sont très pointues. Leur longueur est d'envi-ron vingt centimètres et leur base doit avoir un diamètre de plus ou moins quatre centimètres.

Je remarque la perception de mon propre reflet à l'intérieur de ma tête, mais vu de derrière. Je crois qu'il m'est possible de diriger ma vision où je le désire, comme si une multitude de miroirs parcourait le pourtour de mon crâne. Je suis déroutée et j'ai de la difficulté à comprendre ce qui m'arrive. Je sens soudain une pression s'exercer dans mon dos. Une légère, mais agréable douleur s'installe. La peau de mon dos se tend, puis cède. Du sang s'échappe… Du sang? Cet élément de vie n'est pas sensé circuler en moi.

Deux épineuses branches noires et rouges, de la même couleur que mes cornes, percent mon dos au niveau des poumons. Elles grimpent en diagonale avec un angle de 45 degrés jusqu'à atteindre approximativement un mètre de hauteur. De ces extrémités, se poursuit le déploiement de ces fausses ailes robustes et sinistres qui se recourbent vers le bas jusqu'à atteindre environ 90 centimètres. Ma transformation est complétée. Ma tête est penchée vers l'avant, les paupières closes. Je redresse mes épaules, ouvre les yeux et fixe mes complices, avec tout le mal que je possède en moi. J'ai compris et ressentis grand nombre d'éléments sur le mal qu'eux et Mazthéroth ne seront jamais en mesure de saisir ou de ressentir. Je suis maintenant bien supérieure à eux et je le sais. Je me sens plus puissante que jamais. Je ne suis pas un vampire, je me situe bien au-delà de cette race mythique. Je sais ce que je suis, je suis une suceuse d'âme. Je suis une animasuctus.

Toujours en les fixant, je relève ma tête et le menton. Je les regarde de haut. Ils sont bouche bée.

J'abaisse mon regard sur Léanne qui est quelque peu déboussolée, mais qui, encore une fois, affiche un air détaché. Je crois qu'elle sait que sa mort ne saura tarder. Je lui adresse mon plus beau et sinistre sourire encore rouge de sang. Je tente désespérément de l'ébranler afin d'attiser mon plaisir. Mais en vain. Elle n'avive pas mon plaisir, mais ma fureur!

Je lui saisis fermement la tête et la penche sur le côté afin de me laisser voir sa nuque. Je lui dégage les cheveux. Je sens mon désir monter, enfin! Je sens l'odeur de la vie, du sang et d'une âme. Je jubile. Mes deux nouvelles dents s'allongent. J'ouvre ma bouche et lui enfonce mes crocs dans les veines. Je suce son sang. Je bois mon plaisir, sa vie. Il s'agit de ma seconde victime. Le délice n'en est pas moindre, mais il se produit un événement différent. Je vois toutes sortes d'images défilées dans ma tête, des images qui ne m'appartiennent pas. Je vois une fillette. C'est Léanne, je la reconnais. Il y a également un homme et une femme qui se disputent au travers l'embrasure d'une porte. L'homme crie très fort. L'enfant recule dans un coin et se recroqueville sur elle-même. Elle pleure en silence et semble apeurée. Tout à coup, des hurlements stridents viennent briser la bulle dans laquelle s'était engloutie la petite fille. Elle se lève et tranquillement, dirige son petit œil innocent vers la mince ouverture de la porte. Elle voit son papa, tenant fermement un énorme couteau, poignarder à d'innombrables reprises sa mère

100

qui crient de moins en moins. Le sang jaillit de partout. Les murs en sont couverts. Ses parents sont tout près d'elle. Plusieurs gouttes de sang viennent frapper son doux et jeune visage, si pur. Ces gouttes auront entachées toute cette pureté à jamais. Elles sont indélébiles. Certes, elles ne sont pas visibles à l'œil nu aujourd'hui, mais elles sont ancrées sous sa peau et empoisonnent son sang et sa vie. L'expression sur le visage de son père est des plus horrifiantes. La haine et la colère se marient à merveille dans les yeux de son père, qui pourraient eux aussi s'ils le pouvaient, jeter des couteaux à profusion sur le corps meurtri de la jeune mère agonisante. Ses yeux sont si violents, son visage si enragé, ses dents si agressives… Il semble le faire avec rage, mais aussi paradoxal que cela puisse paraître, il semble s'amuser dans sa folie. Si je ne savais pas que le diable existe, j'aurais pu croire que je l'avais devant moi. Le souvenir se projette sur la mère qui est étendue sur le sol et qui a le regard vide. Elle tourne légèrement la tête et soudain, le regard vide fait place à un regard anéanti par ce qu'il vient de voir : sa fille de 8 ans a tout vu. Dans une dernière tentative dénuée d'espoir, la maman remplit ses yeux d'amour pour sa petite puce adorée, qui sera marquée à jamais. Puis, elle s'éteint, l'esquisse d'un sourire aux lèvres. L'amour d'une mère est plus fort que tout. Le père plante le couteau dans le mur devant lui, crache sur le corps inerte de la femme en lui disant « Sale pute! » et quitte la maison. La petite fille ouvre la porte de la pièce dans laquelle elle s'était réfugiée et avance très lentement vers sa mère. Son regard juvénile est froid et immobile. Elle fixe sa mère, s'assoit près d'elle dans la mare de sang et enroule ses bras autour de son cou. Elle place la tête de sa mère sur ses genoux et lui caresse tendrement les cheveux. Elle relève la tête et devant elle se dresse le grand miroir qui couvre en majeure partie la superficie du mur au fond de la salle de séjour. Cette image la marquera à jamais. Elle, assise par terre, avec à ses côtés le cadavre massacré de sa douce mère enveloppée sauvagement de son propre sang. Sur sa joue, plusieurs gouttes rouges salissent son visage innocent. Le sang de sa propre mère. Elle commence alors à chanter d'une voix faible et déchirée la chanson que sa mère lui fredonnait tous les soirs avant de lui dire bonne nuit:

Somewhere over the rainbow, way up high
There's a land that I've heard of once in a lullaby.
Somewhere over the rainbow, skies are blue
And the dreams that you dare to dream,
Really do come true.

Someday I'll wish upon a star
And wake up where the clouds are far behind me.
Where troubles melt like lemon drops,
High above the chimney tops,
That's where you'll find me.

Somewhere over the rainbow, blue birds fly
Birds fly over the rainbow
Why then, oh why can't I?
If happy little bluebirds fly beyond the rainbow
Why, oh why can't I?

De douces larmes viennent alors se mélanger aux sombres taches brûlant sa joue. Et elle se remet à chanter…

À cet instant, je décide de retirer mes dents de sa peau, ébranlée de ce souvenir. J'ai presque avalé tout son sang, mais j'ai senti une certaine connexion avec elle. Elle a vécu un événement très difficile et traumatisant. Il me serait facile de la convertir complètement au mal. Sans oublier cette force que je perçois en elle depuis son entrée dans l'écurie. Elle ne veut plus souffrir. J'ai envie qu'elle devienne comme moi.

— Le sang que je viens de boire est maintenant mien, mais je te laisse ton âme et un peu de ton sang. Je souhaite que tu te joignes à moi. Je sais déjà de quelle façon je peux convertir un humain en animasuctus, c'est instinctif. Oui, c'est ce que tu deviendras, une animasuctus, tout comme moi.

Je connais déjà tant de détails au sujet de ma nouvelle forme, comme si ma mémoire s'était imprégnée d'un disque dur contenant tous les acquis d'un animasuctus. Je me connais même mieux que je ne me suis jamais connue étant humaine. Tout est si clair dans ma tête. Je sais même le nom de ma race nouvellement créée. Peut-être me suis-je baptisée moi-même? Tout cela me vient si instinctivement. Il n'est donc pas si surprenant que je sois familière avec la méthode de transformation ainsi qu'avec le processus d'appropriation d'une âme. Je conserve tout de même Azakielle comme prénom. Je respecte Maztéroth et le nom qu'il m'a attribué. Je trouve d'ailleurs qu'il me va à ravir.

Léanne semble souffrir, elle transpire énormément. Je lui retire ses attaches et son ruban. Elle tombe par terre et vagit de douleur. Je peux sentir ce qu'elle ressent, je suis intimement liée à elle. Son sang coule en moi. J'ai pris part à ses souvenirs et ses souffrances. Elle sentira ce lien une fois complètement transformée.

Chapitre 16
Larkianne

J'ai si mal. J'ai l'impression que ma tête va éclater et que mon coeur se désagrège. J'ai mal à l'âme. Des souvenirs très négatifs défilent dans mon esprit dont le pire de ma vie : celui de l'assassinat de ma mère. Je me sens tout à coup très agressive. Mes tripes veulent sortir de mon ventre et je suis envahie par des frissons vifs et douloureux. Les moments néfastes de ma vie continuent de s'accumuler dans ma tête. Mon agressivité se transforme peu à peu en rage et en haine. Je n'ai jamais ressenti de telles émotions aussi extrêmes. Les images se succèdent à une vitesse incroyable et de façon si saccadée que j'ai le réflexe de me prendre la tête à deux mains. Je vois du sang partout et un couteau transpercer rapidement ma mère à maintes reprises. Le corps de ma mère morte, couvert de blessures, flotte dans un bain de sang. Je sens mon côté obscur ressortir et détruire ce qu'il y a de bon en moi. Je revois mon père cracher sur ma mère et la traiter de sale pute. Je déteste mon père. Je déteste presque tous les hommes. Je déteste la violence humaine. Celle qui a tué ma mère. Celle qui m'a enlevé mon enfance, ma vie, ma joie. La violence qui m'a enlevé mes amis et mon amoureux. Je n'ai plus rien.

Soudain, je cesse d'avoir mal et du même coup, de bouger et de crier. Je me sens vide et remplie à la fois. On m'a enlevé tout bonheur et donner toute souffrance. Le mal circule en moi, je le sens. Je n'ai plus que lui maintenant.

Une doctrine s'est imposée dans mes pensées et j'ai maintenant la conscience instruite de ce qu'est réellement la face cachée de l'âme humaine. Je perçois à nu le combat perpétuel de la vérité et du mensonge tiraillant l'homme sur sa véritable nature, celui qui se refuse à faire face à lui-même. La souffrance les éclaire sur cette nature, tandis que le bien la masque. Elle leur révèle leurs faiblesses les plus profondes et vilaines, les plus douloureuses et dangereuses, celles qui les définissent authentiquement. Ils passent leur vie à simuler le bonheur, et pour la grande majorité d'entre eux, ils finissent par y croire. Il leur serait inconcevable d'accepter la vérité telle qu'elle est. Celle qui dévoile la constante présence d'un monstre de quelconque nature, plus ou moins féroce, mais qui s'avère être toujours plus mauvais que bon, car il en sera toujours ainsi : le mal domine le bien. Tous croient qu'il s'agit de l'inverse. C'est le plus beau et horrible mensonge de toute l'histoire de l'humanité et c'est ainsi depuis le début des temps. L'homme s'auto-anesthésie le cerveau afin d'enrayer faussement toute souffran-ce, car il est plus facile d'être heureux ainsi. Le bonheur ne dure que quelques secondes alors que la douleur moleste le coeur sans arrêt. Ils tentent donc d'effacer cette douleur en se remé-morant ces quelques secondes de bonheur. La folie, la violence, la haine, la jalousie et les péchés représentent les fluides faisant tourner la turbine terrestre. Les belles valeurs et les principes moraux sains sont enfouis et rejetés par le mal, mais la cohorte humaine s'en voile les yeux. Leurs orbites sont sales et noircies rendant leur cerveau stupide et amorti. Si un jour l'homme s'ouvre les yeux et prend conscience de ses démons intérieurs, il sera davantage en mesure de soulager sa souffrance afin de ressentir le véritable bonheur. Mais jamais cela n'arrivera, car ce sont des imbéciles superficiels.

J'ai atteint un niveau élevé de spiritualité, j'ai évolué. J'ai l'impression que je viens de naître. Une lumière a éveillé chacune des parcelles de mon âme. Je vois clair. Toute la souffrance que j'ai reçue ne me fait pas mal, elle fait seulement partie de moi dans le but ultime de m'y conscientisé et de m'apporter toutes ces connaissances sur son essence et celle du mal.

Soudain, je sens un liquide couler sur mes lèvres. Je sors ma langue et goûte. Je n'ai jamais perçu un goût aussi délectable. J'exulte de plaisir. J'ouvre les yeux et un poignet duquel s'échappe des coulis sanglants se tient au-dessus de ma bouche. Je bois jusqu'à ce que ce poignet se retire. Il appartient à Gaëlle. Mes yeux se mettent à rouler pour devenir noirs. Je me redresse lentement et vois ma propre image dans ma tête comme si je me voyais dans une glace. Mes cheveux épaississent, allongent et éclaircissent, passant de blond à blond très clair. Ma peau devient luisante et d'une pâleur fantomatique. Sa forte blancheur tire un tantinet sur le gris. Mon visage est d'une sublime beauté, dégageant assurance et panache. La majeure partie de mes traits humains sont conservés.

106

Je dégage un magnétisme sans pareil. Par contre, mes yeux marquent un air déséquilibré et mes traits trahissent une dureté impitoyable.

Des cornes poussent sur ma tête et des bois fusent de mon dos. La même couleur les recouvre : un beau rouge très foncé. Ma similarité avec Gaëlle est frappante. Cette dernière se trouve devant moi, l'air satisfait et fier. Au moment où mes yeux d'un bleu flamboyant croisent les siens, je me sens bizarrement liée à elle et je ne peux expliquer pourquoi. Je ne suis pas sans ignorer qu'elle est l'auteure des homicides perpétrés sur mes proches, mais il est plus fort que moi que de ne pas la haïr. Au contraire, je la respecte et éprouve une profonde connexion. Mon sang coule dans ses veines. Nous serons unis à jamais. Je le sais, je le sens. Ses pensées traversent mon esprit et je vis ses souvenirs. Nous nous connaissons désormais plus que quiconque et je ne peux plus lui en vouloir pour les meurtres qu'elle a commis. Cela m'est impossible. J'irais même jusqu'à dire qu'un bien-être suprême s'installe en moi quand nos regards se croisent et je ressens que c'est réciproque.

Gaëlle s'adresse à moi d'une voix posée et confiante :

— Je t'ai transformée Léanne. Tu es désormais, tout comme moi, une animasuctus. C'est moi qui aie donné vie à cette race en acquérant une pleine compréhension et acquisition du mal. Je te l'ai transmise et tu as pu assimiler tout cela grâce à ton bagage et à la richesse de ton âme. Nous nous nourrissons du sang et de l'âme de ces saletés d'humains. Nous sommes les êtres les plus puissants. Nous serons liées pour l'éternité. J'ai bu ton sang et tu as bu le mien. Nous avons partagé tous nos souvenirs et le mal circule pleinement en nous. Mon nom est Azakielle et le tien sera désormais... Larkianne.

Chapitre 17
L'affrontement

Delthémor et Zéphiel disent en chœur :

— Mais qu'êtes-vous donc devenues?

Sans même que je n'aie le temps de prononcer ne serait-ce qu'une parole, un cri de colère retentit dans nos oreilles. Cela semble provenir de sous nos pieds. Le sol se met à trembler et tout commence à tournoyer autour de nous. Quelques secondes plus tard, le décor a complètement changé. Nous sommes en enfer.

J'aperçois Mazthéroth se diriger vers nous d'un pas ferme. Son visage est terrifiant et submergé par une colère volcanique. Par contre, étant consciente du fait que je suis désormais plus puissante que lui, je garde mon calme et la tête haute. Je me décide à lui adresser la parole :

— Que se passe-t-il? Pourquoi toute cette colère? N'ai-je pas rempli ma mission en bonne et due forme?

— Oh! Non, Azakielle, et tu le sais très bien, crie-t-il très fort. Tu m'as volé deux âmes. Tu as échoué et pour cela, je te condamne à vivre, toi et ta nouvelle disciple, dans les bas-fonds de l'enfer. Vous y errerez pour l'éternité. Maintenant, hors de ma vue! Il me pointe la direction à emprunter. Un immense rire confiant raisonne et vient rompre le silence qui s'était maladroitement installé. C'est le mien.

— Non, mais tu veux rire de moi, je suppose. Rassure-moi, tout cela est une blague. J'ai ramené ces âmes que tu convoitais. Sans compter ma soudaine forme qui me rend dorénavant plus puissante que toi. Je surpasse maintenant le maître du mal. Je connais davantage le mal que toi et tu le sais. Il n'a plus aucun secret pour moi. Je le possède. Il me possède. Je peux m'accaparer des âmes et transformer des humains pour en faire des animasuctus, comme moi. Je suis la nouvelle reine du mal. Je t'offre de collaborer avec moi. Nous formerions une équipe du tonnerre. Qu'en dis-tu?

— Tu te crois réellement supérieure au diable! Crois-moi, peu importe ce que tu es devenue, jamais rien ni personne ne me dominera. Avec Astaldor, j'ai créé ce monde…

— Ce qui confirme ta faiblesse. Vois cette infamie que tu as créée.

— Je ne serai jamais de connivence avec toi. Je suis le grand Mazthéroth, souverain du royaume de l'enfer depuis le début des temps. Ce n'est certainement pas toi qui va venir changer cela.

— Oh! Tu crois! Si tu n'es pas avec moi, dans ce cas c'est que tu es contre moi. Soit nous nous laissons tranquille et agissons chacun de notre côté ou…

— …Ou nous nous affrontons. Il est hors de question que je te laisse me voler d'autres âmes. Elles m'appartiennent.

— Il est faux de dire qu'elles t'appartiennent. Ces âmes ne sont pas encore tiennes. Elles n'appartiennent ni à toi, ni à moi, ni à Astaldor.

— Je me fiche de ce que tu peux en penser, je ne laisserai personne voler mes âmes, mis à part l'autre créateur.

— Dans ce cas, faisons un pacte, comme tu as fait précédemment avec Astaldor.

— Ça suffit!, dit-il sèchement. Je ne veux plus rien entendre et je ne veux surtout plus discuter avec toi. Allez aux bas-fonds immédiatement ou affrontons-nous.

— Parfait! Nous allons donc combattre, mais seule à seul, sans l'aide de nos acolytes.

— C'est convenu, conclut-il. De toute façon, je n'ai pas besoin d'aide. À moi seul, je vais te mettre en pièce en si peu de temps que tu en perdras tout orgueil. Tu sous-estimes ma puissance, pauvre idiote. Je te défie ici et maintenant!

Tout le monde présent dans le royaume se disperse, incluant Zéphiel et Delthémor. Zéphiel m'adresse un léger et discret clin d'œil. Je ne sais trop comment l'interpréter, mais je ne m'en préoccupe guère en ce moment. Larkianne, confuse, prend un certain temps avant de se déplacer. Il doit être assez inconcevable et déroutant pour elle d'assister à un combat entre une animasuctus et le diable.

Je ne sais comment je vais le vaincre, mais je suis certaine que j'y arriverai. Mon instinct est très fort et je lui accorde mon entière confiance. Je vais découvrir mes pouvoirs en même temps que Mazthéroth.

De ses deux mains, il empoigne fermement la peau couvrant son cœur noir. La pure folie a fait du diable sa marionnette et sa bouille démente le confirme. Il tire de toutes ses forces sur sa peau jusqu'à ce qu'elle déchire entièrement sa silhouette, comme s'il muait. Sous son derme, s'étire une matière sombre, fibreuse et visqueuse. En ressort le même Mazthéroth qui s'empresse de jeter sa peau dans ma direction. Cette dernière vient s'accrocher à moi telle une sangsue et provoque une sensation de brûlure intense. J'ai l'impression de fondre sur place. Je tente de la retirer, mais elle a adhéré solidement. La douleur est insupportable, mon âme souffre.

Soudain, je songe à mon sang qui est froid conséquemment au climat glacé de mon corps mort. Peut-être soulagerait-il le supplice qui me corrode? Mes incisives se dévoilent volontairement et je me perfore la peau à plusieurs endroits. Le sang afflue tel un ruisseau sur ma chair. La sensation de brûlure s'atténue pour enfin disparaître au même instant où l'enveloppe corporelle du démon se détache de mon âme. Mes plaies se referment d'elle-mêmes.

Il se met à courir et fonce droit sur moi. Je dois le bloquer. Je ferme les yeux, me calme et me concentre. Je me sens soudainement enveloppée et protégée. Je ranime mon regard et le pose sur mon adversaire qui se percute férocement contre une couche noire translucide m'entourant et servant de bouclier. Il rebondit et est projeté au moins vingt mètres devant. Il se relève sans difficulté.

— Pas mal, mais n'oublie pas une chose. Ta force est de sucer le sang. Et je n'ai pas de sang.

— Tu as mal saisi, Mazthéroth. Je ne suis pas uniquement une suceuse de sang. Ce que je suis véritablement est une suceuse d'âme, une animasuctus. Je peux donc m'approprier ton âme.

— Ah! Oui! Et puis-je savoir comment tu comptes t'y prendre?

— Tu verras bien. Je te réserve la surprise.

En vérité, je n'en ai aucune idée, mais je sais que je peux le faire.

De loin, je l'aperçois lever ses bras en l'air. Il attire vers lui de grands filets de lumière rouge et ténébreuse. Une immense sphère se forme au-dessus de sa tête, entre ses mains, et il la lance vers moi de toutes ses forces. Je tente de freiner cette boule, mais le temps me fait défaut. Je ne peux me livrer à mes réflexions afin de contre-attaquer. Elle m'atteint de plein fouet et me propulse par terre. Une douleur intolérable me tranche l'intérieur. Je suis totalement paralysée. Je l'entends rire lourdement et avancer vers moi.

— Qu'est-ce que je t'avais dit! Personne ne peut vaincre le grand Mazthéroth. Ta naïveté témoigne de ton impuissance…

Je ferme les yeux à nouveau et n'entends plus ce qu'il me communique. Mon adoration envers lui s'est transformée en haine. Ma tête me renvoie l'image de mon corps pris au piège par cette puissante force invisible. Je suis très enragée d'être coincée au sol, immobile, pendant que lui se paie ma gueule. Je me sens faible et je déteste ça. Ma rage fait ressortir mes veines sur tout mon corps et elles sont encore plus saillantes sur mon visage. Je respire fortement. Toute ma colère se transmet dans un cri terrifiant. Elle est si démesurée et violente qu'elle me libère de ma prison. Je me redresse fièrement et la fureur qui m'habite se lit dans mes yeux. Cela dénote ma puissance et il le perçoit. Je relève ma lèvre supérieure et laisse entrevoir mes incisives qui s'allongent. On voit cette même lèvre frémir de désir. Même s'il n'y a pas de sang pour s'abreuver, le délice anticipé de l'acquisition de son âme est suffisant à faire sortir mes crocs avides de richesses assouvissantes. La figure de Mazthéroth laisse échapper un air de surprise.

J'ai la vive impression qu'il réalise en ce moment même que je suis une adversaire de taille et que la défaite est possible. Il se tient à quelques mètres devant moi et revêt maintenant un visage détraqué. La furie fait osciller sa tête. Il écarquille ses yeux, au point où la chair de chaque côté de ses orbites se déchire. Il se recule la tête légèrement, comme pour prendre son élan, et lance violemment son regard assassin dans le mien. Il vient d'entrer dans ma tête. Je perds le contrôle de mes pensées et de mes actions. Je ne suis maintenant plus maître de moi-même. Je me sens très vulnérable. Il me possède. J'ai de la difficulté à conserver mon équilibre. Il cherche comment me détruire. Je tente fortement de bloquer son intrusion, mais j'en suis incapable. De brutales pulsations accablent ma tête. Puis, plus rien…

Il a dû trouver ce qu'il cherchait à savoir. Il n'est plus à l'intérieur de mes pensées, mais maîtrise toujours mes mouvements.

Je me retourne et me dirige contre mon gré vers un des nombreux miroirs cassés qui font partie intégrante du paysage horrifique de la pièce sombre et froide où nous nous trouvons. Une pièce éternellement grande, semblant ne posséder ni plafond ni murs. Seulement des miroirs brisés pour nous renvoyer le reflet laid et déformé de notre médiocrité. Quelques rochers viennent s'ajouter au décor. Ma main se ferme involontairement et le poing formé vient fracasser la glace afin que des morceaux décrochent de leur cadre. Je me penche et en ramasse un bien pointu. Je commence à m'affoler, car je n'arrive pas à me défaire de son emprise. J'essaie de tourner ma tête, mais sans succès. Même si Mazthéroth n'est pas directement devant moi, il se trouve tout de même à l'intérieur des limites de mon champ de vision. Son subtil sourire traduit qu'il se délecte tranquillement du moment. Ma colère monte en même temps que ma main. Le bout de la glace frôle ma gorge qui laisse échapper une goutte de vie. Elle coule lentement le long de mon cou. J'éprouve maintenant une haine très profonde. Je le déteste davantage que ce que mon âme peut supporter. Mes mains se serrent. J'ai bougé. Elles se contractent si fort qu'un fil de sang fuit mes paumes. Je laisse tomber le morceau tranchant et me mets à rire à gorge déployée. Je peux dès lors bouger tous mes membres. J'ai compris que plus mes sentiments se rapprochent du mal à l'état pur, plus ma puissance s'accroît. Je me retourne vers cet idiot et le déprécie :

— Pauvre Mazthéroth! Tu as vraiment cru que tu pouvais être plus fort que moi? Je te domine entièrement, en force physique et psychique. Tu vas maintenant connaître toute ma répulsion envers toi. Ma haine et ma colère ont atteint leur paroxysme. Je vais t'exterminer comme de la vermine!

Son visage appartient à un autre personnage, le monstre des ténèbres laisse désormais échapper un air soucieux. Il est toujours aussi enragé, mais avec le doute de sa victoire qui pèse de plus en plus. Moi, je me sens plus puissante que jamais. Je transpire le pouvoir et le mal. Dans une dernière tentative, le diable prend de profondes inspirations à un rythme de plus en plus rapide. Ses mains se couvrent de feu. Je l'observe avec amusement. J'avance ma tête vers l'avant, lui offre un sourire moqueur et souffle. Un souffle léger et court, mais produisant l'effet d'un ouragan. Les mains flamboyantes s'éteignent.

Mon air amusé disparaît et est remplacé par un masque démoniaque. Cela suffit! C'est son heure. J'avance vers lui, mais à une telle vitesse qu'il n'a pas le temps de réagir. Certains mouvements ne sont pas perceptibles. Mes yeux roulent et ma tête bouge dans tous les sens en faisant des mouvements saccadés. Elle s'arrête. Mes yeux sont devenus entièrement blancs et je fixe mon adversaire. Ces derniers se remplissent maintenant de sang, lequel sort de mes orbites de plus en plus abondamment. Je lèche ma joue et délecte ce sang avec toute mon âme. Il jaillit maintenant violemment parcourant des mètres dans les airs et aspergeant entièrement mon opposant. Le diable brûle et commence à fondre. Il hurle si fort que les ténèbres tremblent. Mes yeux reprennent leur noir naturel. Je prends une grande respiration et commence à aspirer. J'aspire et j'aspire... L'âme de Mazthéroth se désagrège rapidement et se transforme en petites particules de lumière rouge très foncée. J'aspire toujours. Ma bouche est très grande ouverte, mes mâchoires sont disloquées et la lumière pénètre mon âme jusqu'à la dernière étincelle. Je ferme ma bouche sèchement. Je l'ai englouti. J'ai volé son âme. Je suis le diable.

Chapitre 18
La diablesse

— J'ai supprimé votre maître. Cela fait de moi votre souveraine. Est-ce que quelqu'un parmi vous s'y opposerait?

Silence.

— Parfait, je suis désormais le diable. Votre diablesse. Je règnerai sur le mal et vous serez mes acolytes. Les âmes errant dans les bas-fonds y resteront.

— Puis-je vous demander quelque chose?, questionne Zéphiel. J'aimerais beaucoup être transformé en animasuctus. Est-ce possible?

— Désolé Zéphiel, mais les âmes elles-mêmes ne peuvent être transformées. Je ne peux que m'en emparer. Pour que la métamorphose ait lieu, il doit s'agir d'un être vivant, dans lequel circule du sang regorgeant d'énergie et de vitalité.

La déception vole la pureté de son visage. J'en suis désolée, car j'aurais bien aimé pouvoir le métamorphoser.

Je grimpe sur un rocher et invite mes nouveaux acolytes à venir me rejoindre.

— Voici maintenant en quoi consisteront les nouvelles procédures. Moi, je n'ai rien signé avec Astaldor et je n'en ai pas l'intention. Donc, les règles seront les miennes. Astaldor est aussi faible que Mazthéroth, car il est l'autre créateur de ce que l'on ose appeler un monde. Je ferai à ma manière et vous ferez de même. Si cela lui déplaît, qu'il me le fasse savoir et je le confronterai avec plaisir.

À mon grand étonnement, on m'acclame et me vénère. Il est évident que je fais leur bonheur en éliminant les règles du pacte avec l'au-delà. Ma fierté en est à son apogée. Je relève le menton et proclame :

— Vous, mes acolytes, irez tous sur Terre avec moi et nous nous emparerons de toutes vies humaines, que ce soit en les transformant ou en les tuant. Notre ultime but sera désormais l'extermination de cette race pourrie.

On m'ovationne à nouveau et j'adore ça. Je ferme les yeux afin de savourer cet instant jouissif.

— Nous allons sur Terre sur le champ. Combien êtes-vous?

— Nous sommes plus de 125 acolytes.

— Vous vous disperserez à travers les différents continents et abattrez hommes et femmes, mais surtout, écoutez-moi bien, pas les enfants. Il est hors de question de tuer de pauvres petites créatures pas encore corrompues par la société individualiste, malsaine et destructrice. Moi et Larkianne se chargeront de transmuer tous les enfants en animasuctus en plus de tuer et voler les âmes de tous les humains qui croiseront notre route. Il en sera ainsi. Ah oui! Un autre détail à ne pas négliger... Prenez votre forme humaine afin de ne pas semer la panique. Nous voulons tous nous amuser un peu tout de même. Partez maintenant et nous nous retrouverons une fois que le chaos aura capitulé.

Chapitre 19
La charogne

— Avant que l'on parte, puis-je te parler un instant?

— Bien sûr Larkianne, qu'y a-t-il?, dit Azakielle.

— Puis-je choisir ma première victime, avec tout le respect que je te dois?

La nouvelle diablesse me fixe d'un air interrogateur. Il est vraiment très important pour moi qu'elle accepte.

— Je désire que la première personne que je vais tuer soit mon père. J'aimerais également procéder de la façon dont j'aurai envie exclusivement pour lui.

— Ta motivation à tuer me charme complètement. Quand tes souvenirs ont traversé mon esprit, j'ai tout de suite su que je devais te mouler à mon image. Tu feras une excellente animasuctus et tu seras ma première alliée à jamais. Ensemble, côte à côte, pour l'éternité!

— Je te remercie, Azakielle.

— Pour revenir au sujet de ton père, cela me fait grand plaisir d'acquiescer à ta demande. Me permettras-tu d'y assister? Le meurtre d'un humain est un délice, mais trucider une charogne comme ton père, c'est atteindre le point culminant de la félicité. À la suite de ce parricide, tu seras béate et libérée.

Je ne peux m'empêcher de laisser un sourire s'approprier mon âme. Je poursuis, d'un ton ferme et décidé :

— Allons-y!

◆ ◆ ◆ ◆ ◆

La chasse aux humains est déclarée. Nous sommes tous prêts et assoiffés de vengeance et de sang. Un immense cyclone nous transporte tous sur Terre. Comme prévu, tous les acolytes se dispersent aux quatre coins du monde. Nous avons tous repris nos formes humaines.

Moi et ma maîtresse commençons par une escale à Trois-Rivières, au Québec. C'est à cet endroit que mon père habite. Je sais où est sa planque depuis que j'ai 16 ans. À cet âge, j'ai voulu savoir où se trouvait ce fumier, ou cette charogne comme Azakielle l'a si bien baptisé. Ainsi, si un jour je décidais de le buter, j'allais pouvoir le retrouver sans impatience. J'ai fait plusieurs recherches pour en arriver jusqu'à lui, car monsieur n'a jamais été retrouvé par la police et a changé d'identité. J'ai quand même réussi à le retracer, ce pourri. Je n'ai pas voulu le rapporter aux autorités, car je n'aurais pas pu le tuer de mes mains par la suite. La prison n'était pas une pénitence assez lourde pour lui. Il mérite de se faire tuer atrocement par sa propre fille, rien de moins. Et moi, je savais que ce besoin se ferait sentir un jour ou l'autre.

Arrivées à destination, nous restons plantées devant sa maison. Azakielle me demande :

— Tu as un plan?

— Oui, le tuer de la façon la plus barbare qui soit.

— Et… C'est tout?

— Non… Je vais l'achever de la façon la plus sanglante et monstrueuse afin que même son âme soit torturée à jamais. Je veux qu'il s'éteigne dans l'effroi.

— Excellent! J'assisterai donc à un meurtre impulsif, sadique et violent à souhait. Tous les ingrédients pour concocter le plus brutal des assassinats.

Je l'aperçois passer devant une fenêtre. Il s'agit d'une petite maison, vieille et délabrée. Elle fait grandement contraste avec les maisons autour qui sont, pour la plupart, vives, récentes et d'une superficie étendue. La peinture blanche et jaunie au devant de la maison est écaillée. Le petit toit au-dessus de la porte sale est croche et tend à tomber. Il revient à la même fenêtre, mais cette fois, s'attarde à zieuter le décor extérieur. Il nous aperçoit et nous fixe. Juste à le voir m'observer est suffisant pour m'inonder de rage et d'animosité.

— Je vais la saigner cette charogne!

D'un pas franc, je me dirige vers l'entrée. Je veux un couteau, tout de suite! La porte n'est pas verrouillée et j'entre sans frapper. Je me fous complètement des formules de politesse. Le tas de merde vivant se dirige vers moi, ne sachant pas trop ce qui se passe. Je le pousse violemment contre le mur se trouvant à ma gauche. Je ratisse rapidement les environs afin de bien cerner ma scène de crime. Devant moi se trouve un long couloir. À ma gauche, on voit le salon et à ma droite, une chambre à coucher. Je peux distinguer une porte un peu plus loin à droite menant probablement à une salle de bain. Je repère la cuisine au fond du couloir et m'y rend à grandes enjambées. J'ouvre tous les tiroirs avec rudesse et empressement. Je cesse toutes actions alors que j'entends les sons aigus que fait le bruit des boutons d'un téléphone. Je me retourne, furieuse. Mon père tente d'appeler de l'aide. Je quitte la cuisine pour le rejoindre. Je tire vigoureusement sur le fil de l'appareil qui arrache aussitôt la prise. Je le pousse à nouveau contre le mur de l'étroit passage menant au salon. Azakielle observe la scène debout, dans l'entrée de la maison. Elle a pris soin de refermer la porte derrière elle. Je revisite la pièce du fond afin de me munir de mon arme favorite et nécessaire dans cette situation. Je veux le voir souffrir et mourir avec le même instrument dont il s'est servi pour supprimer ma mère.

Sur le comptoir, se trouve un ensemble de couteaux dans un bloc de bois. J'en choisis un fait pour les durs labeurs. Je le serre fortement. Ma vengeance approche.

La charogne se relève de peine et de misère, s'appuyant au mur. Tout en lui empoignant rudement les mâchoires d'une main sans pitié, je le sonde :

— Tu te souviens de moi, trou-de-cul?

— Non, je ne sais pas qui tu es, grogne-t-il, furibond et humilié.

— Hahahahahaha!

Mon rire résonne dans toute la bicoque.

— Je savais bien que tu ne me reconnaîtrais pas, j'étais trop jeune quand tu as tué ma mère, enculé.

— Léanne! Léanne, c'est toi? Tu as tellement grandi. Tu es…

— Ta gueule! Je vais te faire vivre le même enfer que tu as fait vivre à maman. Tu vas souffrir et avoir peur comme jamais. Dans quelques minutes, tu vas mourir.

Il crie à l'aide, mais je lui perfore la jambe gauche. Il se tord de douleur et se plaint. Je le traîne jusqu'au salon comme un cochon que j'amènerais à l'abattoir. Je l'y garroche comme un vieux sac à déchets puant. Je rabats la porte de la chambre qui se situe en face, en laissant environ deux pouces d'ouverture.

Je l'attrape par le collet de sa chemise et le force à se repositionner debout. Je lui agrippe férocement les cheveux et crie :

— Tu vois cette embrasure. Tu la vois?

— Oui, répond-il faiblement.

— Que crois-tu que cela m'a fait de te voir tuer ma mère tel un tortionnaire, par l'embrasure de ma chambre d'enfant. Les pièces de la maison étaient pratiquement disposées de la même façon qu'ici. Peux-tu me rendre un petit service, le seul que tu vas me rendre dans toute ta vie de père pourri? Pendant que je vais t'abattre, tu vas constamment avoir en tête, que ta petite fille de 8 ans, qui t'aimait et aimait aussi sa mère, est entrain de regarder le crime violent se dérouler sous ses yeux. Promets-le!

— Léanne…

— Promets-le!

— D'accord, je te le promets, me dit-il avec un timbre différent, mais familier.

Avec une vélocité inattendue, il saisit ma tête et me donne un violent coup sur le front avec son crâne. Azakielle s'élance :

— Je vais t'aider!

— Non, surtout pas! Reste où tu es. C'est entre mon père et moi.

Ma main entoure sa gorge et le soulève de terre.

— Tu n'es qu'une sale pute comme ta mère!, lance-t-il avec son haleine putride.

J'explose de rage et d'aversion. Mes hurlements sont perçants. Même si Azakielle a dit de ne pas se transformer, je sais qu'elle me laissera faire pour cette fois. Je le délivre de mon étreinte et il s'affaisse lâchement. Je ferme mes yeux, me concentre et libère ma colère et toute cette boule malsaine qui me noie. Mon apparence redevient celle de l'animasuctus que je suis. Mon père paraît effaré.

— Mais qu'est-ce que…

Je le redresse et le regarde de très près avec toute ma rage concentrée dans les yeux. La frayeur se ressent à travers lui. Je lui assène un violent coup de couteau, puis deux, puis trois et je continue à le poignarder ainsi sans arrêt. Je suis enivrée par toute cette douleur que je lui inflige, par tout ce sang qui gicle et éclabousse sur les murs, par ces cris de terreur et de souffrance. Je l'agrippe par les cheveux et le force à se relever. Je le maintiens dans cette position, lui enfonce agressivement la lame sous le nombril et contemple sa douleur. Je fais vigoureusement aller et venir le couteau, comme on tranche un pain, jusqu'à atteindre le haut de sa cage thoracique. J'époumone ma délivrance jusqu'à ce que ses cris se fassent de plus en plus espacés et de moins en moins forts. Je m'arrête. Il s'effondre et gît par terre dans son sang. Je plante le couteau dans le mur devant moi, puis crache sur mon père éventré et perforé comme une passoire. Je crie haut et fort, même si je sais qu'il ne m'entend probablement plus :

— Je ne veux pas de ton âme abjecte! Tu seras condamné à errer dans les bas-fonds de l'enfer. Que l'éternité te soit insupportable!

Mon attention dévie sur la pièce me remémorant la chambre de mon enfance. Ma main roule avec douceur sur la poignée de la porte jusqu'à clore complètement ma ravageuse nostalgie. J'émets un long soupir libérateur.

Mon fardeau allégé, je me laisse entraîner vers la sortie. À ma droite est suspendu un miroir de forme ovale sur le petit mur séparant l'entrée du salon. Même si je n'ai pas l'habitude de m'attarder devant cet objet, je fais exception. Je souhaite découvrir ce nouveau visage qui a obtenu vengeance et qui, de ce fait, a recouvré un tant soit peu son innocence. Je perçois alors une longue coulisse rouge qui souille ma joue. Toujours en contemplant mon reflet, j'ouvre ma bouche délicatement. Je sors ma langue et vient lécher le sang rampant près de mes lèvres :

— Ce sang a un goût de charogne!

Moi et Azakielle quittons la maison en claquant la porte. Je marche dans la rue le sourire aux lèvres, béate. Ma maîtresse ajoute à mon bonheur :

— J'ai adoré le spectacle!

— Ce fut un des plus beaux moments de ma vie…

Chapitre 20
Le bien ou le mal

— Changeons de destination, j'ai la peau qui suinte la merde…

Je ressens la nécessité de quitter ce coin de pays. Nous reviendrons plus tard. Je veux changer d'air…

Moi et Azakielle se dirigeons vers les États-Unis, dans l'état de New York, un endroit habité par d'innombrables petits anima-suctus qui contribueront à la prolifération de notre race.

Nous atterrissons près du lieu où se tenaient jadis les tours jumelles, dans le quartier du Bas Manhattan. Nous avons à peine le temps d'avancer de quelques pas et de scruter les alentours, qu'un énorme rayon lumineux provenant du ciel descend sur nous. Il n'a duré qu'une infime fraction de secondes, ce qui l'a rendu imperceptible par les humains.

Un homme d'une cinquantaine d'années apparaît sous nos yeux. Il est de grande taille et sa musculature est imposante. Cet homme dégage énormément de… Je ne saurais l'expliquer. Un mélange de prestige et d'humanité, mais aussi de sournoiserie. Il est certain qu'il s'agit d'Astaldor. Ses cheveux sont ondulés, blancs et mi-longs. Sa barbe est blanche et rase. Il revêt un complet entièrement blanc. Les traits de son visage sont fins et magnifiques. Ses yeux sont d'un bleu éclatant et ses lèvres, en forme de cœur. Il est très bel homme. Il s'agit évidemment de sa forme humaine.

— Bonjour Astaldor!, s'exclame la diablesse.

— Bonjour Azakielle.

Elle poursuit la conversation sur un ton très sarcastique :

— Tu sais même mon nom. Je suis impressionnée.

— Tu n'es pas sans ignorer que je sais tout ce que j'ai envie de savoir. Je suis beaucoup plus fort que je ne semble l'être. Crois-tu vraiment que je vais te laisser détruire le monde?

— Pas le monde, Astaldor, seulement la race humaine, voyons! Pour qui me prends-tu? Et entre nous, ils sont si cons qu'ils s'entre-tuent eux-mêmes de toute façon.

— Là n'est pas la question. Je ne te laisserai pas détruire cruellement la race que j'ai créée, qui a aussi ses bons côtés. J'ai foi en eux et je suis sûr que d'ici quelques années, ils vont réaliser leurs erreurs et s'en repentir. Ainsi, le monde changera pour le mieux.

— Mon pauvre Astaldor, tu es naïf et pitoyable. Cela reflète ta vulnérabilité et c'est pour cela que je vais te battre, cher Dieu!

— Je t'en empêcherai et si nous devons nous affronter pour cela et bien, soit! Nous devrons combattre ici, car il nous est interdit de mettre les pieds dans le royaume opposé.

Il prend une pause et crie haut et fort :

— Que le bien triomphe!

— Attendez! C'est mon tour!

Ma prise de parole met un frein sec à l'engouement naissant. Ma supérieure semble confuse.

— Mais de quoi parles-tu, Larkianne?

— Je veux me battre contre lui.

Dieu affiche un sourire narquois. Cette moquerie exposée sur sa jolie bouille dénonce sa certitude de remporter la bataille. Il a beau prétendre tout savoir, mais sur ce coup là, il se plante royalement.

Azakielle paraît abasourdie. Elle m'entraîne avec elle à quelques mètres d'Astaldor et conteste discrètement :

— C'est une blague? Voyons, Larkianne! Je suis plus forte que toi. Il te serait impossible de vaincre Dieu. Et je ne veux pas te perdre non plus.

— Fais-moi confiance! Tu as combattu le diable avec brio. Je veux être digne de toi. Tu m'as proclamée ton alliée et j'en suis honorée. Tu possèdes l'âme du mal, laisse-moi posséder l'âme du bien qu'il me fera grand plaisir d'anéantir. Tu es maintenant la Diablesse, je veux devenir la Déesse…sans te surpasser, bien sûr! Je veux seulement méritée cette place auprès de toi. Tu seras fière de moi. Je sais que je suis capable de le vaincre, car mon instinct ne m'en laisse pas le moindre doute. Notre instinct est puissant. Ne me sous-estime pas, je t'en prie!

— Tu sais que ce serait un combat un contre un. Mon rôle consisterait uniquement à être spectatrice. Larkianne, je te fais confiance, mais je demeure tout de même sceptique quant à ta force spirituelle pour vaincre un si redoutable adversaire... Par contre, je ne crains pas pour tes compétences et pouvoirs, car j'ai choisi de te faire don de ceux que je possède sans pour autant m'en départir, en te laissant goûter à mon sang. Tout ce qui est mien devient aussitôt tien.

La souveraine soupire sa réflexion. Elle pose la main sur sa bouche, comme si elle devait s'empêcher elle-même de prononcer les mots qu'elle va dire. Sa pensée ne veut être exprimée. Les mots sont plus rapides que sa raison :

— Malgré tout, je suis d'accord avec toi. Si j'ai fait de toi mon alliée, je dois te donner mon entière confiance. Donc, j'acquiesce à ta demande.

Ces dernières paroles furent prononcées plus fort qu'elle ne l'aurait souhaité, puisqu'Astaldor en a saisi l'essentiel.

— Pas si vite, interrompt le seigneur des cieux. Azakielle, si tu la choisis comme combattante, nous allons devoir faire une entente. Elle te seconde, donc te représente. Si elle gagne, tu gagnes. Mais si elle perd... Tu perds! Et il te sera défendu de me défier à ton tour. Le monde restera tel qu'il est et tu devras signer le même pacte qui nous liait, moi et Mazthéroth.

Azakielle marque une pause de plusieurs secondes. Sa décision est d'importance capitale puisque ma défaite pourrait engendrer des conséquences désastreuses pour le monde infernal. Son air hésitant s'incline face à l'assurance qui la regagne.

— Je lui ai dit que j'avais foi en elle et c'est la pure vérité. Notre sang est lié. Elle te battra comme j'ai battu le père des démons. Elle te vaincra de la même manière, avec son instinct et sa foi en elle-même. Tu périras Astaldor! La crainte devrait être l'émotion qui te tourmente le plus présentement.

— Tu as fait ton choix. Ainsi soit-il.

Je suis excessivement fière que ma maîtresse me fasse confiance à ce point. Je ne la décevrai pas. Je prends un ton solennel afin de m'adresser à Dieu :

— Astaldor, mon nom est Larkianne. Je suis prête à me battre contre toi. Ne fais pas surtout pas l'erreur de me sous-estimer. Je suis désolée de t'apprendre que j'ai déjà un pas d'avance sur toi, car je suis...MOI!

Et sans perdre un instant, tout en me jetant un regard terrifiant et trop confiant, Astaldor diffuse une lumière blanche aveuglante. Je ne vois plus rien. Je reçois un énorme coup sur la tête et suis projetée contre terre d'une force fracassante. Mon crâne craque. Je recouvre rapidement la vue et mon crâne se reconstitue de lui-même.

Tout en me relevant, j'aperçois la foule agitée se disperser. Des cris fusent de tous côtés.

Je le regarde, ouvre ma bouche et rugis de haine. Celle inspirée par sa brutalité et tout ce qu'il représente, c'est-à-dire la fausse bonté. Il laisse les hommes à eux-mêmes en espérant qu'ils deviennent meilleurs, ils les laissent souffrir sans jamais intervenir. Il pourrait envoyer les anges guérir et apporter la plénitude aux humains, mais il n'en fait rien. Il laisse les femmes se faire violer, les enfants mourir, des gens se faire massacrer, la maladie devenir le fléau de l'humanité, les guerres abattre des innocents. C'est sa faute si les gens endurent autant de souffrance et si j'ai vécu tant de douleur et de rage. Je le déteste, il me répugne. J'hurle à m'en fendre l'âme. Mon déchirement sonore est si aigu que les fenêtres de la ville éclatent en mille morceaux. Astaldor est recroquevillé sur lui-même, tel un enfant craignant les monstres sous son lit. La population newyorkaise croule sous la pression cuisante qui fait éclater leur tympan. Je lève ma tête et mes bras en l'air en guise de ma puissance. Je m'en nourris.

Astaldor se met à courir très vite. Il semble vouloir que je le suive. Je ne sais trop où il désire m'attirer, mais peu importe, je me sais plus forte que lui. Je décide donc de la suivre, par pure vanité. Je désire lui démontrer la conscience de ma supériorité.

Je m'arrête. Il est immobile et se tient debout devant le fleuve Hudson, celui bordant la Statut de la Liberté. Il m'adresse un léger sourire en coin avant de lever les bras au ciel, les doigts arqués vers le haut. Il profane une sorte d'incantation ridicule que je n'arrive guère à déchiffrer.

Derrière lui, se dresse une vague qui ne cesse de croître. Il va noyer la ville de New York. La vague est maintenant gigantesque.

Il me fixe durement avant de baisser la tête et pousser ses bras vers l'avant. L'eau déferle à une vitesse folle et avec une puissance assassine.

Je réfléchis en fuyant avec une rapidité surnaturelle. Y a-t-il une contre-attaque possible?... Mais bien sûr! Azakielle m'a mentionné plutôt que tout ce qu'elle acquérait comme pouvoirs devenait aussitôt mien. Et elle abrite en elle l'âme du diable. Si Astaldor est le maître des eaux, Azakielle est forcément maître du feu. Donc, je le suis également. Je m'arrête abruptement et regarde Dieu au loin qui est entouré d'eau le surpassant. Je le fixe, abaisse mes bras et cambre mes doigts vers le bas. Je me concentre très fort et visualise les flammes destructrices cherchant à forer l'épaisse croûte terrestre. La terre commence à trembler et craque sous mes pieds. D'immenses fissures se forment dans le sol autour de moi. J'incline légèrement la tête vers l'arrière et remonte mes mains avec fougue. D'imposantes flammes surgissent des bas-fonds, s'élèvent et foncent tout droit vers le monarque du paradis.

Astaldor fléchit les genoux et bondit si haut qu'il m'est désormais hors de vue. Le poids de l'eau éteint les flammes, mais glissent par la suite dans les fissures jusqu'à disparaître. Le sol se referme. La ville est plongée dans l'obscure ambiance qu'ont fait naître la chaleur des flammes et la froideur des vagues meurtrières. Les effluves de la mort, émanant des centaines de corps inanimés, embaument l'air ambiant.

Azakielle ne rate pas une seconde de l'étourdissant combat.

Je cherche rapidement mon ennemi du regard, mais en vain. Je dois rester sur mes gardes, car il est très rapide et puissant. Je dois le détruire de la même façon qu'Azakielle a tué Mazthéroth. Je l'ai bien observée et je sais d'instinct que je dois ressentir une forte haine pour atteindre l'état désiré qui me permettrait de m'emparer de l'âme de Dieu.

Mes miroirs intérieurs me reflètent l'image de mon adversaire qui surgit par derrière. Mais sans que je n'aie le temps de réagir, il se penche et me tranche profondément l'arrière des chevilles, où sont situés les tendons d'Achille. Comment, quand et où s'est-il procuré une lame? Je saigne abondamment.

Normalement, mon pouvoir de cicatrisation est instantané, je le sais. Mais je comprends et découvre qu'il s'agit de la seule réelle faiblesse des animasuctus. Comment a-t-il su? Je ne le savais pas moi-même. Il est doté d'un fort instinct lui aussi, cela est indéniable. Il connaissait la façon exacte de m'anéantir. Il est plus astucieux que Mazthéroth, qui lui, a dû traverser l'âme de la diablesse pour découvrir comment l'achever. Encore là, il a su qu'il devait la saigner, mais en ignorant l'emplacement exact du point vulnérable. Tandis que le roi des anges savait dès le départ que moi et Azakielle étions devenues une race tout autre qui regorge de sang, contrairement à toutes les autres âmes du ciel et de l'enfer.

Je me sens sombrer dans l'inexistance. Je tombe sur mes genoux, humiliée et affaiblie. Le sang sort en jet de mes chevilles.

Mes yeux vides croisent le regard d'Azakielle au loin. En hochant sa tête de haut en bas, elle m'indique un signe affirmatif. Cette dernière tente de me faire passer un message. Il y a quelque chose à faire. Je peux m'en sortir et je crois que c'est ce qu'elle tente de me faire comprendre. Je puise toute l'énergie qu'il me reste afin de réfléchir à une issue possible pendant que mon sang poursuit sa fuite. Un souvenir me revient tout à coup en mémoire. Je me revois, assise et ligotée à la chaise, regardant Philippe perdre son âme. J'avais remarqué qu'au moment où Azakielle avait terminé sa succion et retiré ses dents et ses lèvres de son cou, la plaie s'était refermée très rapidement. Ça y est! Je dois faire vite…

Je m'assois sur le sol humidifié par le torrent. Je soulève ma cheville et la porte à ma bouche. Je suce la plaie avec toute ma vigueur restante. Le sang qui revient dans mon âme me redonne des forces. Je retire mes incisives. La plaie guérit. Cela fonctionne! Je répète le même manège avec l'autre blessure. Je suis sur pieds dans le temps de le dire.

Je me retourne vers Astaldor, qui semble estomaqué. Je le fixe et éprouve dorénavant une rage des plus aliénées. Il a failli avoir ma peau, ce salaud! Mes yeux commencent à rouler. Au moment où ils s'arrêtent, le tout-puissant a disparu. J'entends une voix douce et mielleuse qui vient me calmer. Une silhouette svelte apparaît au milieu d'un épais brouillard blanc et s'avance lentement vers moi. Celle-ci fredonne une magnifique chanson :

Somewhere over the rainbow, way up high
There's a land that I've heard of once in a lullaby.
Somewhere over the rainbow, skies are blue
And the dreams that you dare to dream,
Really do come true...

Il y avait si longtemps que je n'avais pas entendu cette voix. Je me sens transportée et bercée par ce brouillard qui évoque l'image d'un soyeux nuage.

— Maman! C'est toi? Maman, tu me manques tant. Où es-tu? Je ne te vois plus. Maman!

Je la cherche du regard et commence à paniquer du fait que je ne l'aperçois nulle part. Je plisse mes yeux afin de maximiser ma capacité à la discerner au travers ce brouillard.

— Bou!

Un étrange personnage vient de prendre la place de ma mère en ne sortant du nuage que sa tête à deux pouces de mon visage. Le mélange de surprise et de peur me fait reculer et trébucher en glissant sur un caillou. La nuée poudreuse se dissipe pour laisser voir une ville morte et saccagée par les dommages collatéraux de notre guerre.

Je le regarde et constate ce que j'ai sous les yeux. C'est Astaldor sous sa forme réelle. Je le reconnais dû aux similarités existantes avec sa forme humaine. Les mêmes yeux bleus qui me regardent de haut, affichant toute la splendeur et la grâce de leur possesseur. Une lumière blanchâtre et poudreuse l'entoure. L'opacité de cette lumière rappelle le brouillard qui enveloppait ma mère. Son visage est sensiblement le même que celui de sa forme humaine, mais il exhibe des traits plus durs. Son teint est blafard. Des marques profondes couvrent son corps, comme si on avait creusé de vieilles blessures. Par contre, ses ongles, ses cheveux et ses dents sont impeccables. Il revêt un habit blanc et léger qui lui couvre à peine le corps. Ses pieds sont nus et immenses. Ses mains ne le sont pas moins. Son cou est d'une largeur impressionnante, sans compter qu'il est très musclé. Il est fort, coriace et incroyablement puissant. Dieu est loin de correspondre à l'image que les croyants se font de lui, c'est-à-dire un fantôme sensible et altruiste s'abreuvant d'eau fraîche sur un petit nuage. Il est difficile de dire au premier regard s'il s'agit d'une âme bonne ou méchante. Je suis d'avis que cette confusion le représente parfaitement. Mais ça ne change pas le fait que moi, je l'exècre. Il s'est servi de la voix et de l'apparence de ma propre mère pour me duper et m'ébranler, l'ordure! Il lit tous mes souvenirs et mon âme sans même que je m'en rende compte.

Je le fixe, les mâchoires contractées de folie noire, et tente de pénétrer son âme à mon tour avec toute la volonté du monde. Je dois y arriver. Je centralise mon énergie et ma force spirituelle, car je sais que c'est ce qui me permettra une traversée dans son esprit. Tout à coup, une curieuse sensation s'installe, comme si mon âme s'était détachée de moi-même, qui suis également une âme. Voilà! J'ai infiltré l'âme vicieuse de Dieu. C'est un voyage complexe et amer. Cette âme sainte ne fait pas que sembler être confuse, elle l'est. Ses idéologies sont contradictoires : il prône le bien en laissant le mal ronger les êtres, il dégage blanc quand sa pensée est noire, il hait ce qu'il a créé mais aime l'utopie qu'il s'est fait racontant que le monde soit tel qu'il l'a toujours voulu. Sa colère face à son échec est de plus en plus fleurissante et assombrit les racines de son âme.

Ses intentions présentes sont claires. Il s'apprête à rouvrir mes tendons calcanéens. Je me vois, les mains nouées à la branche d'un arbre, le corps ballotant au gré du vent indifférent. Une corde ceigne également mes chevilles au bout desquelles pendouillent des pieds maculés de sang. Ces attaches servent à m'empêcher de ramener mes chevilles à mes lèvres. Le sol est étouffé par l'hémorragie provoquée par mes déchirures. Je me retire férocement de son âme. Il est hors de question que je périsse ainsi.

J'ai vu ce qu'il veut faire de moi. Il veut non seulement m'éliminer, mais souhaite que je sois dépouillée de tout honneur et de toute puissance. M'exposer ainsi sur une place publique fait drôlement allusion aux pendaisons exécutées il y a de cela plusieurs siècles afin de punir et humilier le coupable. De cette façon, on voulait effrayer le peuple en lui démontrant le sort réservé aux scélérats ne respectant pas l'ordre établi. Dieu désire transmettre un message à Azakielle et à tous ses acolytes.

Je reviens à moi-même et le dévisage avec une âpreté inégalable. Mon aliénation n'en est que plus meurtrière. Mon souffle est bruyant et mon âme déborde de furie. Mes yeux roulent à sa seule vue. Ma tête se meut de gauche à droite et de bas en haut. Les mouvements sont incontrôlés, rapides et secs. Tout s'arrête. Je ne lui laisserai même pas le temps de lever le petit doigt. Je fixe Astaldor et mes yeux deviennent blancs. La couleur de la victoire. Le sang commence à monter. Chaque ouverture de mon visage propulse maintenant des jets intenses de sang sur Astaldor. Il se tortille de douleur, mais ne crie pas. Je crois qu'il ne veut pas me donner cette joie.

Ma bouche s'ouvre, mes mâchoires craquent et s'écartent. L'âme de Dieu s'est divisée en milliers de particules bleutées que j'aspire avec extase… Jusqu'à la dernière. Dieu n'existe plus.

— Putain, c'est moi Dieu maintenant!

La diablesse accourt vers moi, euphorique.

— Je crois en toi depuis le début, tu sais. Je suis si fière de toi. À nous deux, ainsi qu'avec l'aide de mes acolytes, nous pulvériserons le mal dépravé de ce monde. Nous permettre de dissocier le bien du mal est l'unique raison de son existence. Notre race EST le mal, celui qui est canalisé et contrôlé. Ceux qui l'exercent au détriment des autres et d'eux-mêmes doivent être détruits, soit toute l'espèce humaine. Je suis la Diablesse, et toi, la Déesse du mal. Ensemble, nous participerons et assisterons à l'effondrement du monde tel que nous le connaissons...

FIN

Table des matières